書下ろし

涼音とあずさのおつまみごはん

内田 健

祥伝社文庫

目次

第一話　具なんていらない　5

第二話　遅く起きた朝は　25

第三話　レモンサワーに合うのは？　55

第四話　買い物いかない？　105

第五話　お会計は千二百四十円　151

第六話　三百六十五歩のマーチ　197

解説　渡邉《わたなべ》森《もり》夫《お》　248

第一話

具なんていらない

満員電車の圧迫感から解放されて、有村涼音《ありむらすずね》は思わずため息をひとつ。

電車に揺られる疲れたサラリーマンやOL、学生たちの押し寿司一丁、新小岩《しんこいわ》風味が無事完成したところだ。

どうせ押し寿司を出されるなら、サバやアジがいいなぁ、と思うわけでありますなぁ、などと涼音は心の中でひとりごちてみる。

「少し涼《すず》しくなったかな？」

夜もぼちぼち更《ふ》けてきたこの時間、真夏に比べたら過ごしやすい。

とはいえまだまだ、冷《ひ》えたビールが旨《うま》い季節でもある。

あの喉越《のどご》しを思い出すだけで思わず喉が渇《かわ》くが、まだ我慢だ。

JR総武《そうぶ》線の新小岩駅の改札を出てロータリーを横断する。

喫煙所からわずかに漂《ただよ》うタバコの臭い。

桜チップならまだしも、この煙で燻製《くんせい》にされるのはたまらんと避けるよう足早に横断歩道を渡りきって人であふれるアーケード街にえいやっと踏み込んだ。

相変わらずの人の多さ。

店も閉店前の書き入れ時と言わんばかりに精力的に営業している。

こういう時間にここに帰ってくることが多い涼音にとっては貴重なライフラインとなってくださっている。

とはいえ、さすがに主婦の買い出しはもう終わっている時間。

客層は涼音と同じような仕事帰りのサラリーマン。

涼音よりも少し若い男が、最寄《もよ》りのコンビニから弁当を持って出てきた。

ふと視線を移せば、大学生だろうか、酒が入っている若者たちが楽しそうにカラオケ屋に入っていく姿が視界の端《はし》に見えた。

天気が悪くても雨露《あめつゆ》をしのげるアーケード街を抜けて、再び満天の星空のもとへ。

まあ、満天というほどきれいな星空は、東京では拝《おが》めない。

夜空に雲は少ないけれど、星の光はまばら。

田舎《いなか》ではきれいな星空を飽きるほど見上げてきたので、この程度では驚かない涼音である。

さて、アーケード街を抜けたところで家までは残り半分の道のりといったところか。

相変わらず遠いが、仕方の無いこと。

涼音の稼《かせ》ぎでは、そのくらいの家がちょうどいいというか、身の丈《たけ》にあったというか、まあそういうわけでありまして。

やや薄暗いが、時折同じく帰宅する会社員がくたびれた背中をご披露《ひろう》している。

人のことを揶揄《やゆ》しているが、涼音もおそらくその一人だ。

自分と同じような人を見つけて自分だけではない、と安心するだけである。

そんな憂鬱《ゆううつ》な気持ちは、この夜空のスモッグごと吹き飛ばすまでである。

玄関の扉を開くと、明かりがついている。

朝消し忘れたというようなへまをしたわけではない。……したことがないわけでもないけど。

今の稼ぎではわりとがんばって選んだ2DKのアパート2階の玄関の向こうから、

「おかえりー」

聞こえてきたのは、台所に立つ妻の声だ。

涼音の妻、有村あずさ。

三十歳、ついに而立《じりつ》を迎えた涼音に対し、あずさはひとつ上。歳の差はほぼ無いと言っていい。

涼音からあずさに視線を移して一言言うとすれば、よく捕まえられたな、と思うくらいには器量よしの見た目完璧な美人キャリアウーマンである。

友人にはたびたび羨《うらや》ましがられるほどだ。

一方の涼音であるが、まあ人よりはマシかもな？　などとちょっとだけ自己評価を盛っても、まあまあ三十路《みそじ》の男児たるものヒヨッコなりに酸《す》いも甘いもかみ分けてきて、今では多少なり身の丈は知っておろう、そのうえでなのだから少しばかりの見栄は張らせてやろうじゃないか、と大目に見てくれる人がいるかもしれなくもない、なんていう曖昧《あいまい》な言葉でお茶を完璧に濁《にご》しておくとして。

日々をふらふらのらりくらりとやりすごしながら、なんとなくこのままでいいのかと思ったり思わなかったりしていたころのこと。

普段一切興味がわかず幾度となく断ってきた合コンに、ふと天気雨のようになんとなく気まぐれで参加したのが運命の分かれ道だった。

涼音は今よりももっと、言葉を選ばず表現すればちゃらんぽらんというか、「まあいいか」「本気でやると疲れるからね」と言いながら日々を後ろに受け流してきた青年だ。

それを少しでも改めていこうと思ったのは二十代も後半に差し掛かってから。

さすがに今のままではいかんだろうなぁ、と、生きていく中で出会ったり再会したりした同級生、職場の後輩や人生の先輩を見て思ったわけである。

ただまあ、もともとがちゃらんぽらんだったので、改善速度や改善度合いは牛の歩み、といったところか。

当人も遅いことは分かっているものの「気付いて改善に取り組んでいる分、やらないよりはマシ」と楽観的なのだが、それを肩の力が抜けていていいと見るか、本当にこれまでよりちょっとマシなだけと見るかは、受け取る諸氏にお任せなのである。

一方のあずさは涼音とは正反対で、日々訪れるあれこれに対してかなり真面目《まじめ》に向き合って取り組んできた。

明るくサバサバしている風に見えて、実際のところは時に神経質に見えるほどに繊細だった。

一見すると良く思えるが、逆に息の抜き方が分からず思い詰めてしまうことも多々あり、そんなことではそのうち潰れてしまうぞ、と友人からありがたい忠告を受けて改善しようとしていたところだ。

ここまで真面目になったのは、あずさが生来《せいらい》持っている面倒くさがりでサボり癖《ぐせ》が出てこないための自衛策だった。

自分がくそ真面目であるという仮面をかぶり続けてきた期間があまりにも長かったの

で、ちょっとばかり苦労をしていたわけである。

というわけで二人の出会いは、互いの大学のころの友人が開いた合コン、ということになる。

酒を注《つ》いで注がれてハイペースでグラスをカパカパあけて、予想を超えて馬があった二人は、そこからあららという間に旧友かと見まがうほどに仲良くなり、ノリと勢いで一夜を共にしてからはあららという間に恋人になり、お互い人生において抱えていたり直面したりしているもろもろあれこれに鑑《かんが》みまして惰性《だせい》と妥協の末に同棲をしてみたらあららという間に結婚に至ったわけである。

日々をふわふわと雲のようにすり抜けてきたが、少しは真面目にしようとし始めた涼音と、完璧主義で真面目だったが、少しばかり肩の力を抜こうとしていたあずさは、スタート地点が違うだけで、思った以上に似ていた。

愛という陳腐《ちんぷ》なものが無かったとは言いません。

やっぱり半分程度は妥協と惰性と勢いとノリだった気もするが、思いのほかうまくいっている結婚生活なのでありました。

と、考えているうちに涼音はスーツを脱ぎ捨ててスウェットに着替え終えていた。

肩が左右非対称のままかけられたスーツが目に入るが、直すのに面倒さを感じて、割れ物を扱うかのごとく優しく目をそらした。

寝室から居室に移ると、今日の夕食当番であるあずさが用意してくれていた。テーブルに並んでいるのは焼きそばである。

匂いと炒《いた》める音で予想はしていた。

「あ、具無し」

現在は金曜日の夜である。

なのでだいぶよく言えばシンプル、悪く言えば味気ないごはんになるのは毎週末いつものことである。

納得の表情で涼音はよっこらせと座布団に腰を下ろした。

「このために買いに行くのはねぇ」

見たままを口にした涼音に、あずさはけだるげに応じた。

「それはそう」

共働きである有村家は、食材の買い出しは基本的に週末にまとめて行なう。

どちらも仕事帰りにスーパーに寄りたくはないし、特別な用もなければこまめな買い物もしたくない。

であるからして、週末目前になると、有村家の食材という名の弾はたいてい底をついているのだ。

ゆえに涼音も、この具無し焼きそばにまったく不満は無いのである。

むしろ。

涼音の目は添えられた金麦《きんむぎ》のほうに向いている。

ごくりと喉が鳴ってしまう。

そして置かれた二皿の焼きそば二人前と、ビール味のお酒と冷やされたグラスを一往復させて、あずさを見た。

彼女の瞳は挑戦的に瞬《またた》いている。

その顔を見て、涼音ははーん、と彼女の狙いを読んでみせた。

結婚しておよそ三年。

そもそもなんで結婚したのか。

色々理由はあるが、これだ、というのがあったから結婚したのだ。

似たもの同士にとって予測は難しくない。

「食べ比べ？　これをツマミに」

そう答えると、あずさはにやりと笑った。

「そういうこと。どう違うか、どっちが合うかなって思ってね」

焼きそばはそれぞれソース焼きそばと塩焼きそばだ。どちらも具無し。
月末も近づき、給料日前でもあり、味気ないのは仕方がないこと。
そう、毎月恒例、特別でもなんでもないことだ。
だから、である。
「なるほど、今月はこう来たか〜」
と大げさに言う涼音。
わざとらしさしかないが、それでいいのだ。
この茶番こそが大切なのである。
気分を上げれば、いつものお酒も美味《おい》しくなるというもの。
それぞれ、細かく汗をかきつつあるよく冷えたアルミ缶を手に取る。
プシ――と耳心地のいい音。
この音だけのBGMがあってもいいんじゃないか?
開けた缶の口から白い泡が少し噴き出している。
涼音はコップを手元に持ってきてテーブルに置き、缶を傾けて注いでいく。
コッコッコッコ……という音とともに顔を見せる、黄金色の液体と白い泡。
この音。

思わず喉が鳴るがまだまだ。

今は我慢だ。ここを耐えてこそ、美味しい一口目になるのだ。

それに、注ぎ方が大事。

生ビールではないがそこはご愛敬。発泡酒だろうが第三のビールだろうが十分美味《うま》い。

まずは、グラスの三分の一くらい。

大体だが、全神経を注ぎ込んで割合を気にする。

ここで続きを注ぐのはナンセンス。

グラスの中で踊る泡が落ち着くのを待ってから、グラスを傾け、内側に沿うようにゆっくりと注いでいく。

仕事中の集中力など目ではない。

そういわんばかりの真剣な表情。

やがて、グラス内の透明な部分と泡の割合が大体七対三でできあがった。

これぞ黄金比。

これぞ最高。

たかが百数十円の第三のビールごときにこんなこだわりなど無駄である。

……と、思う人もいるだろう。

そういう人と分かりあおうとは、はなから思っていない。

ただ、涼音にとってはこだわりの一杯だ。

ふとあずさを見ると、彼女もグラスに七対三の黄金比を完成させていた。

比べるとややあちらが比率に正確か。いやいやこれだって悪くはない。

いやまてよ、こっちのほうがちょっと泡が少ないか？　考え直せ、あっちの泡が多いだけだ。

というせめぎ合いが起きたとか起きてないとか。

どちらがいいかは、きっと酒の神が決めてくれるだろう。

ただ言えるのは、どちらもかなりこだわって注がれた一杯である、ということ。

「よーし、完璧」

あずさも自分の仕事に満足げにうなずいている。

これからが本番だ。

涼音がグラスを持つのに合わせて、あずさもグラスを掲げた。

白い泡が揺れる。

「じゃあ」

「ん」

「今週も」

「お疲れ様、ということで」

「乾杯」

カチン、とグラスを打ち合わせる。

ぐびりとひとくち。

待ちに待ったこの一瞬。

苦みを伴うキンキンに冷えた液体が流れ込んでくる。

「かぁー！」

ぐい、と口元をぬぐって喉越しを全力で堪能《たんのう》した。

「はあー！　このために仕事してると言っても過言じゃないわねー！」

「まったくもってその通り！」

一口でグラスの三分の一がそれぞれの胃の中に消えていったが、後悔などしない。

さて。

これがメインだが、酒だけではその魅力が減じてしまうのも、よく分かっている。

「じゃあ、焼きそばはどっちが合うかな」

「ソースと塩、〝至高〟と〝究極〟のメニューよね」

「間違いない」

涼音とあずさ。

結婚した決め手の一つになったのは、二人とも酒飲みだった、ということである。

出会いの場だった合コンにてもっとも飲んだ二人が、何を隠そう涼音とあずさ。

ビールに日本酒、ハイボール。飲み放題にかこつけてチェイサーと洒落込《しやれこ》んで、気持ちよく目の前がふらふらくるくる酔っぱっぱ……とまではいかなかった。

酔いはしたものの、前後不覚にはならずにある程度の正気は保ったまま。二人してそれぐらいザルだった、というわけでありまして。

誰でも飲めるわけではない、平均的な酒量が限度の人間が付き合えば間違いなくトイレとお友達になり、帰宅も一苦労……という感じだ。

カパカパとグラスを空け、飲めない人間をやや引かせる程度だった、と言えば、二人のうわばみ具合が諸氏に伝えられるだろうか。

お互い、自分に酒でついてこられる異性には出会ってこなかったのも大きい。

たかが酒、と思うなかれ。

涼音とあずさにとっては理由としてなかなか強いものだったのだから。

それはそれとして。

涼音はまずはソース焼きそばを取り皿に取り分けて一口。

ずぞぞ、と音を立ててすする。

まあ、気にする人もいるだろう。だが涼音からすれば、やはり麺《めん》はこう食べなくては。

ラーメンやそばもこうやってすすったほうが好きだ。まあ、店では周囲の目もあって思い切りすすれないので、もっぱら家の中で食べる場合のみだが。

ソースは濃すぎず薄すぎず、味にムラもなくてよく混ざっている。

簡単なものだが、だからこそ。

麺もコシがあってとてもいい。

麺を飲み込み、口の中にソースの風味が残ってるうちに、金麦で流し込む。

「ぷはっ！」

たまらぬ。

古風な言い回しで気取ってみる。

ピリッとした塩辛さとフルーティな旨味《うまみ》という幸せを、喉越しと苦みが押し流してなんともいえないハーモニー……。

と、ここまで脳内で思い浮かべて、涼音は自分に食レポの才能はないことを思い出した。

旨いものは旨い。

これで良かった。

詩人じゃあるまいし、凡人の涼音の語彙力《ごいりょく》なんてこんなものだ。

ただ。

「それも良さそう」

と言ったあずさには、涼音がどれだけ堪能したかが伝わったようだ。

言葉ではない、言葉以外の表情やしぐさで。

「塩はどうだった？」

あずさはにまっと笑うと、

「サイッコー！」

と言った。

伝わる。

それだけで。

まだ残っている取り皿の塩焼きそばを口に入れ、ある程度咀嚼《そしゃく》したところで黄金色の液体をぐいっと。

「うまい！」

あずさの顔は満足、幸せを思う存分に表現していた。

その気持ちにあやかろうと、涼音もまた、塩焼きそばを取り皿に移し、ソース焼きそばと同じく、ずぞぞとすする。

程よいごま油の香ばしさが鼻から抜けていく。

これもまた塩の塊が残ることもなく均一に味付けされていることが食べただけでわかる。

ただ混ぜるだけだが、混ぜるだけとはいえ奥が深いものでありますなあ、とわかったような感想を抱きつつも口はしっかりと塩と麵を堪能。

発泡酒で口の中をリフレッシュ。

「うまい！」

あずさと同じ言葉を放つ涼音。

こっちもいい。

優劣は無い。

あるとすれば、もはや好みの問題だろう。

ソース焼きそばの皿、そして塩焼きそばの皿。

双方を見比べて。

矯《た》めつ眇《すが》めつ。

じっくりと考えて。

どっちがいいかな。

ここは王道のソースであろう。

甘じょっぱさ、かすかなフルーティさがいい塩梅《あんばい》でマッチング。

この味が嫌いな人がいるだろうか。いや、いない。

いやいや塩だって捨てがたいではないか。

このシンプルさは何ものにも代えがたい。

しょっぱさにフライパンで炒められた香ばしさが合わさって最高である。

熟考に熟考を重ねること二秒。

「……僕はソースがいいな」

やはり王道。

塩が悪かったわけではない。

劣ってもいない。負けたわけじゃない。

これだけは梅干を口に放り込んだがごとく口を酸っぱくして断言しておこうと涼音は弁明す。

ただ、涼音はソースのほうが好みだったのだ。

「やっぱりね。涼音はソースだと思った」

納得の様子のあずさ。

予想通り、という表情でうんうんと頷《うなず》いている。

「そういうあずさは塩かい？」

「そうね、私は塩がいい」

涼音もまた、あずさの味の嗜向《しこう》はよく分かっている。

その嗜向に従ってみれば、見事に正解した。

「でも塩も悪くないんだよ、いやむしろ全然いける」

「私だって、ソースで満足できるわ。塩があるからそっち、ってだけでね」

そうなのだ。

結局どちらでも構わない。

アイドルグループのメンバーの好みが分かれるのと同じように。

ぐびり、と金麦を飲んで、窓から外を見れば、都会にしては今日は星がよく見える。

今は肴《さかな》と酒がいいのだが、いつかこの星空だけで酒が旨い、と言えるくらい老成する日が来るのだろうか――なんてちょっと気取ってみたりして。

悟りを開いたかのような雰囲気を醸《かも》し出してしまったが、まだまだ週末のささやかな酒宴は始まったばかりだ。

「さぁて、堪能するわよー」

現に、涼音が思わず格好つけたのをまるっと無視して、あずさは焼きそばと汗をかいたアルミ缶に笑顔で向き合う。

どうやら──いや、やはり涼音にはそういうのは似合わないらしい。

まったく相手にしてもらえなかった。

そんないじけた気持ちをうっちゃって、涼音も焼きそばに向き合う。

毎週末のささやかなふたりの時間を、心ゆくまで楽しむのだった。

第二話

遅く起きた朝は

翌朝。

缶一本の第三のビールごときで酔うはずもない涼音とあずさは、土曜日ということで出勤のための起床時間よりもおおよそ二時間の寝坊を経《へ》てのっそりと起き出した。

たっぷりと寝たおかげで気分もすっきりだ。

気分よく休日を味わえそうである。

涼音はいささかごちゃごちゃとしている台所に立って、邪魔なものを横に避《よ》けてお湯を沸《わ》かし、コーヒーを二杯分淹《い》れる。

水につけただけで洗い物をサボった焼きそばの皿と、シンクに置いてあるだけの空き缶二本からそっと目をそらした。

シンクにあるのは昨日の残骸だけではない。

過去三日分くらいの、ズボラの結果が激しい自己主張を繰り広げている。

向き合うには気合と根性が必要だ。

起き抜けに向き合いたいと思うものではない。朝が強いわけではないので、スイッチが入るまではストレスになるものは無視しておきたいわけでありまして。

「はい」

「ん、ありがと」

気分はすっきりしているものの、寝起きなのでまだ頭が覚醒していないあずさにコーヒーカップを渡した。

少しのミルクと角砂糖二つ。

これがあずさにとってジャスティスのトッピング。

一方の涼音は角砂糖一つだけ。

場合によっては入れない日もあるが、基本はこっちだ。

缶コーヒーを買うときは、微糖でもミルクが入っているものがほとんどなので、大抵《たいてい》はブラック。

なのでこうして自分でコーヒーを淹れれば、砂糖を入れるか入れないかから選べるので好きだった。

淹れる、と言ってはみたものの実態は安物のインスタントコーヒーなのだが、そこは気分の問題である。

「ふう……」

朝の一杯は濃い目に淹れるのが好きなので、その苦みに一息。

大体これが土曜日朝のルーティンである。

もう十時近い。

今から朝食となると半端《はんぱ》になってしまうので、もう少し待ってブランチがいいだろう。

今日は特にやることはない。

土日はいつもこんなものだ。

せいぜい、来週の仕事に向けて身体と心をゆっくりと休めることくらいか。

コーヒーも飲み終わり、テレビのワイドショーを眺めながらだらだら。

内容は頭に入ってきていない。

完全に無音を避けるためのものになっている。

芸能人の不倫や離婚は、正直涼音にとってあまり関心がない。

それはあずさも同様である。そういうゴシップに興味を持っている友人がいないわけではないが、たまたま涼音とあずさはそうではなかった。

この時間、チャンネルをどこに合わせても、有村リサーチ株式会社調べでは番組に大きな違いはない。

そのまましばらく眺めているうちに、ようやく半分寝ていた頭が覚醒してきた。

バックグラウンドミュージック代わりに、時折画面に目を向けるだけだ。画面を見ても、芸能人の司会者が休日午前らしい明るさで喋《しゃべ》っている様子が映っている。

テーブルの上は片付いているが、部屋は一週間分のほこりや髪の毛が落ちている。

また先ほど見たシンクにも三日分の残骸。

そしてトイレや風呂の水回りも一週間分のアレコレが。

更には玄関前にはゴミ袋に突っ込……もうとしてやりかけのままにしてある生活の跡。

総じて、平日共働きで忙しいよねー、という大正義の論理のもとおさぼり申し上げた結果が家のそこかしこに、目をそむけたくなる光景として、痕跡として残っているのでありました。

「…………」

「…………」

まだ残暑が厳しく蒸し暑い日々。

部屋の中にゴミを残しておくのはよろしくありません。

臭いなどの理由は色々あれど、一番はかの有名な古代生物、黒光りするカサカサを呼び寄せてしまうから。

重たく床に根を張った腰によっこらせと激しく鞭《むち》を打って立ち上がり、「やるかー」と気乗りしない声とともにポーズばかりの腕まくりをひとつ。

特にやることはないのだ。

異臭を放つゴミを回収する、という苦行を味わいたくはない。

たまには朝から掃除をしても良かろう。

分別してゴミ袋に突っ込み、適当に口を縛《しば》る。

もう少し入れ方を考えれば一枚に入る量は増えるが、そこまで考えたくはない。

袋がもったいないとも思うものの、それも一瞬。

そこに時間を割《さ》くくらいなら、とっととゴミを片付ける方に意識を集中するのがいい、というのは当然の感情じゃないだろうか。

分別さえできていればいいだろう、と言わんばかりにざかざかと放り込んでいく。

「じゃあ、私はこっちかな」

あずさもまた、言葉ばっかり威勢よく、しかしのっそりと立ち上がっておもむろにキッチンのシンクに立った。

あずさはささっと缶をすすいで、続いて皿やコップ、箸《はし》を洗っていく。

シンクに積み上げられた後回しの皿は今やすべて討伐され、一枚ずつ水切り籠《かご》に置かれている。

後は自然乾燥で乾いたら、適宜《てきぎ》食器棚に戻せばＯＫだ。

これで洗い物は終わり。

ちょうど涼音もゴミの整理は終わり、口が結ばれたゴミ袋が数個玄関ドアの内側に固められている。

「よーし、これでここは終わりだな」

「じゃあ次は掃除機とトイレとかね。いっぺんにやっちゃうわよ」

「そのほうが楽かな」

「ちゃっちゃとやっちゃおう」

ここでやめてしまうと、またやろう、とやる気を起こすのに時間がかかる。

それは涼音もあずさも同じだ。

面倒くさがりな二人だからこそ、やると決めたらやってしまう。

そうでないと、負債が溜まりに溜まって破産するのが目に見えている。

「じゃあ僕はトイレ掃除を」

涼音は率先してやりたくないところに手をあげる。

これも夫婦円満無病息災家内安全商売繁盛に大事なことなのであります。

いくつかは関係ないが、細かいことは気にしてはいけないのであります。

こうして七面倒くさいことをやるときは、益体《やくたい》も無いことを考えながら進めるに限る。

おかげですでに薬剤をかけおえ、他の拭《ふ》き上げは終わっていた。

次に便器の中を掃除して、床を掃除してしまえば終わりだ。

やってしまえばそんなに時間を必要とはしない。

そう、大したことじゃあない。

でも面倒だ。

実に面倒なのだ。

やらなくて済むならやりたくない。

一生放置でもいいくらいだ。

心境としてはそうなのだが、現実は非情です。そうは問屋はおろしてはくれない。

トイレ掃除が終わるころには、あずさのほうも掃除機をかけ終えており、床に散乱していて足の裏を激しく汚してきていたほこりや髪の毛という名のマキビシは軒並み除去されていた。

細かいところを見れば完璧ではないし、お風呂や洗面所の掃除は後日という結果に着地したが、これでいいのだ。

完璧を求めると疲れてしまう。いい意味でお互いにラフというか雑というか適当というか。

それを許容できることが、涼音とあずさが、結婚という契約を履行し続けられている理由です。

「はい麦茶」

作り置きしていた麦茶をあずさに差し出す。

カラン、と透き通った音が残暑と掃除で熱くなった身体に心地いい。

「ありがと」

汗をタオルで拭き拭き、扇風機のスイッチを強に変えて風を身体に当てる。

真夏はつけていた冷房も、もうすぐ九月も終わる今となってはよほど気温が上がらない限りは消している。

理由は単純、電気代節約のためだ。

有村家の財政を考えれば、この処置も当然というところ。

麦茶をお互いもう一杯お代わりしたところで、ようやく落ち着いた。

二人とも麦茶は大好きだ。

その理由は、麦の酒が好きだからだ。麦ジュースとして楽しんでいるのである。

もちろん冗談なのである。

口当たりがいいのと、何より安いからだ。そして飲んでいるうちに好きになった。

休憩を終えたらもうお昼の時間。

それまではもう少しのんびりすることにしたのだった。


「そろそろ買い物に行こうか？」

簡単にお昼を済ませてしばらく食休みを兼ねてだらだらしているさなか、ふと、あずさが空を見ながら言った。

ちょうど雲が出始めている。

雨が降りそうなどんよりとした雲ではない。

ただちょっと陽射《ひざ》しを遮《さえぎ》ってくれる雲が空を覆い始めていて、出かけるのにちょうどいい感じになってきたのだ。

帰りには雲が晴れている可能性もあるけれど、そんなことを言っていたらいつまで経っても出かけられない。

面倒なので夕方まで待ってもいいんですが、そうすると買い物から帰ってきたらもう夕飯時、以降の食事の準備から何から全部がドタバタしてしまう。

休日で時間があるのに、まるで仕事中みたいなあわただしさはノーセンキューなのであります。

掃除してかいた汗をシャワーでササッと流して、ササッと準備完了。

……準備完了後、往生際《おうじょうぎわ》悪くノロノロとダラダラしてから満を持《じ》してでっぱつ。

でっぱつ、なんて死語を思い浮かべて心の中で含み笑い。

「陽射しがないとはいえ、暑いわねぇ」

「うん、だるくなる」

外に出ると、暑さが増した。

日陰に加えて、それなりに築年数が経過した木造アパートは、窓を開けておけばそれなりに風通しがよく涼しいのだ。

エアコンが無くてもぼちぼち快適にいられるのはそういう理由からなのですが、とはいえ別に涼音もあずさも暑さという苦痛を味わってこそ夏！　などというMな気質は持ち合わせておらんわけであります。

家計が許すなら今でも冷房をつけたいくらい。

「暑気払《しょきばら》いに冷たいものにしようかな」

「お願いしまーす」

「オッケー、任された」

陽射しが和《やわ》らいだだけでまだまだ暑い昼下がり、面倒くささが主な理由で重たいはずの二人の足取りがわずかに軽くなったのは、今夜の晩酌《ばんしゃく》が楽しみになったからに間違いなかった。

たどり着いたのは涼音とあずさのいつもの主戦場となるスーパー。

カートを引っ張り出して籠を上と下に置いたら戦闘準備完了だ。

ここで今日のお晩酌のための食材を中心に、向こう一週間の兵糧《ひょうろう》を買いあさるのだ。

買いあさる、とは豪気《ごうき》に出たものだ。

そんなに家計に余裕は無い。

なのでスーパーでは戦いだ。

少しでも安く、少しでもいいものを。

そのためにはちょっと遠いスーパーに歩くことも厭《いと》わない。

家の近くにもあるにはあるが、遠いほうを選んだのは値段はほぼ変わらず、より品ぞろえが豊富だからだ。

必要なものが決まっている買い足しとかなら近場のスーパーで済ますことも普通にある。

今回は買い溜めなので、品ぞろえが豊富で一度に済む少し遠いところを選んだわけなのであります。

なお、スーパーの梯子《はしご》はよっぽどでなければしたくはない。

どちらのスーパーも、家を起点に方角が真逆だからだ。

「あー、涼しい」

「冷房が身に沁《し》みるわ〜」

準炎天下ともいうべきところを歩いてきた二人は、よく冷えたスーパーの店内に入って快適さにひとごこち。

「この業務用のウィンナーはいいね」

と言いながら籠にポイ。

その他、涼音とあずさの買い物をダイジェストでお送りしよう。

人参が特価だったので籠にポイ。

じゃがいもと玉ねぎは実家から送られてきたものがまだあるので今週は見送り。

大根もポイ。

安い焼きそばやうどん、納豆を見つけたのでそれもポイ。

卵が安い。

逃せないのでこれもポイ。

結構買ったので持って歩くのも重たいが、いつものことなので慣れている。

さて、必需品と思われる補給物資をあらかた籠に入れ終わったところで、ここからが本番である。

その買い物で一周したところで、目をつけていたものを手に取る。

まずはきゅうりだ。トゲトゲがちゃんとついていて青々としたものを四本選ぶ。

つづいてもやし。色が白くて手にとって張りがあるものを選出。

スーパーなので極端に悪いものが置かれていることはない、というのは分かっている。

のだが、せっかくならいいものを選びたい。

自分で作ろうと思わなければ、涼音の性格だから細かいことを気にせずにパッと見て上から「これとこれとこれ」という感じで雑に選んでいたのは間違いない。

「うん、悪くない」

続いては豆腐。

賞味期限本日中で半額のものを迷わず手に取る。

どうせ今日の夜に食べるのだから、賞味期限なんぞ気にする必要はない。

「えーっと、あれとあれとあれ……うん、全部あったな」

調味料の残弾を覚えている限りで確認。

記憶に間違いがなければ、今夜必要なものはそろっている。

ならば、これで十分だ。

きゅうり、もやし、豆腐。

具材は安上がり。

だからこそ、これから作ろうと思っているものは、値段に対して満足度が高くなる。

いわゆるコスパ最強、というやつであります。

「ふうん、きゅうり、もやし、豆腐ね……」

涼音が選んできた食材を見て、あずさは顎《あご》に手を当てて考える。

何を作るのか予想しているのだろう。

彼女も料理ができるのである程度当ててくる。

別に隠しているわけではないし、一体どんな料理なのか！　続きはＣＭの後！　といったバラエティ的演出をしているわけでもないので問われれば答えるが、訊《たず》ねてこないのでそのまま、という感じです。

とまれ、これで買い物は完了なので、重い荷物を二人でひいこらひいこら言いながら運ぶ。

一週間分ともなればさすがに重いし、暑さが輪をかける。

しばらく歩いてようやく帰宅。

分かっていたことだが地味に遠い。

「よ、っこいしょ！」

冷蔵庫の前に置いた荷物がドスンといい音を立てた。

「じゃあ、私これ冷蔵庫に入れておくから、お風呂よろしくね」

「分かった」

役割分担。

涼音は寝室からバスタオルと足ふきマット、それから二人分の着替えを手に脱衣所に入ろうとして……直前、立ち止まる。

三袋ある買い物袋の一つ目を半《なか》ばまで入れ終わったあずさに言う。

「なああずさ」

「なあにー？」

彼女は涼音に背を向けたまま、ひとつひとつを冷蔵庫に格納中だ。

そんな彼女の背中に、魔法の言葉をひとつ。

「今日はビール行っちゃう？」

涼音の言葉にあずさが脊髄《せきずい》反射で返事した後、乗せられたことに気付いて固まった。

「行っちゃう！　……あ」

本当はちょっと早い。

いつもなら毎月末日に飲むのが有村家の基本ルールだ。

数日前倒しして、という例外はやってこなかった。

もうちょっとだけ我慢は続くのじゃよ――といった、どこかの番組の次回予告のような言葉が聞こえてきそうなタイミングなのだが、この掟《おきて》破りのほう助の勧誘。

魔法の言葉で、悪魔の誘い。

それを聞いたあずさはピタリと手を止め、ギギギ、と潤滑油が足りないブリキのおもちゃ人形のごときスピードで涼音のほうに振り返った。

恨《うら》みがましげな表情なのだが、心揺れていることは丸わかりだった。

「よくも……もう、我慢できないじゃない」

そして、返ってきた言葉はこれまた想像通り。

してやったり、なのだが、構わないだろう。

どうせあと二日だ。

明日も仕事か〜……という気持ちで飲むよりは、明日も日曜日でお休み、という気持ちで飲んだほうが間違いなく楽しいに決まっている。

たった一缶なので間違いなく酔わないが、それこそ気分の問題である。

時計を見ると、そろそろ夕方五時になろうとしているところだった。

午前中掃除して、お昼を食べてダラダラして、買い物行って帰ってきたらちょうどいい時間だったわけだ。

「じゃあ、僕はビール飲むから、あずさは発泡酒……なんて、我慢できないだろう？」

「当たり前よ。そんな生殺しする気なの？」

「まさか。だから声をかけたんじゃないか」

「ならいいんだけど」

「風呂掃除終わったら作るから」

「分かった」

もうあずさの頭の中はビールモードになっているはずだ。

涼音の作戦成功である。

では、彼女の期待に応えるために、涼音は風呂を簡単に掃除してお湯をはる準備をした。

浴槽を洗いお湯はりを開始して戻ると、買ったものはすべて冷蔵庫にしまい終わった様子で、あずさの姿はそこにはなかった。

涼音はさっそく肴《さかな》の調理に入る。

ちゃんと手を洗って。

キッチンの蛇口から鍋にお湯を注いで火にかける。

また、グラスをふたつ、冷蔵庫に入れて冷やした。

もやしをボウルにたっぷりためた水に浸《ひた》して洗い、ざるにあげる。

水洗いしたもやしを鍋に放り込んで塩と酢を少々加える。

沸騰して茹《ゆ》で上がったら、お湯を切り冷水でシメて置いておく。

冷蔵庫に放り込まれていたきゅうりと豆腐を取り出す。

きゅうり三本を水洗いして両端を落としてから、包丁を使って叩きにした。

ある程度粗《あら》いのが良いだろう。同様に豆腐も崩して、先ほど叩いたきゅうりをざっくり混ぜる。

梅干の種を取って潰し、醬油《しょうゆ》、酒、鰹節《かつおぶし》を混ぜ合わせ、中火と弱火の間で焦《こ》がさないように煮立たせたら火を止めた。

どれも目分量で決めたが、薄すぎず濃すぎずで悪くない感じだ。

きゅうりと豆腐を叩いて混ぜたものをお皿に盛って、梅ソースを添えたら出来上がりだ。

残り一本は少し大きめの短冊《たんざく》切りにしてそのまま皿に盛る。

こちらは何も手を加えていないので盛るというか載せただけだが、気分の問題だ。

こちらの短冊切りきゅうり用に、味噌と醬油を混ぜたたれを添えれば完成。

どちらも軽く味見をしてみる。

「うん、うまい」

歯ごたえ抜群《ばつぐん》のきゅうりとたれがとてもよくマッチしていた。

じっくり味わうのはビールとともにするとして。

料理には一家言……というと大げさ。

人から金をとるレベルにはない。

さすがにそんな世迷言《よまいごと》を口にすれば、なめているのかと方々《ほうぼう》からお叱《しか》りのシャワーを浴《あ》びることになってしまうに違いない。

繊細なガラスのような心を持つ涼音はきっと打ちのめされ、そこらに打ち捨てられて屍《しかばね》をさらすことになるだろう。

と言いたいが、ガラスはガラスでも防弾ガラスである。

でなければ、適当にちゃらんぽらんに生きることなんてできなかったに違いない。

そんなことはどうでもよくて。

間違いなく言えるのは、やっていない人間よりはできるということだ。

それなりにいろいろな料理は作ってきたので、ある程度のレパートリーは持っていると自負している。

一般的な家庭料理ができる主婦と同等レベルだろう。

主婦の料理レベルの平均が点数で公表されているわけではないのであくまでも予想でしかないが、まあ当たらずといえども遠からずだろう。

今回の肴も、それらの自分で料理をしてきた蓄積と、これまで食べてきた料理から味の予想をしてアイデアを出したわけだ。

そういう観点できゅうりのおつまみ二皿を眺めれば。

手間はかかっていないわけではないが、ぶっちゃけた話、調理という意味では楽勝である。

簡単簡単。

微妙な火加減が要求されたり、火にかける時間が繊細だったりする料理に比べればどうということはない。

二品完成させた勢いでもって、次の工程へ。

もやし用の調味料を作る。

ラー油とごま油、醬油に鶏ガラスープの素を溶かし、ゴマと刻んだにんにくを加えて混ぜる。

鶏ガラスープの素がちゃんと溶けるまで混ぜたら調味料の準備はほぼ終わり。

菜箸《さいばし》に調味料を付けてなめてみる。

かなり味は強め。

これ単体だとちょっと濃すぎるくらいかなあ。

うん、結構いい。

むしろこれがいいんだよ。

もやし単体だとあっさりしすぎているので、和《あ》える調味料は濃いくらいが涼音の好みなのだ。

もやしをボウルにうつして先ほど作った調味料をなじませれば、もやしのラー油和えの出来上がりだ。

こちらは、ガラスの器に盛り付けたもやしの周りを囲うように氷を置いて冷たさを視覚からも演出する。

「よしよし、いい感じだ」

これでつまみはすべて完成。さて、ここで最初に実施したもうひと手間の仕上げだ。

といっても難しいものではない。グラスを冷蔵庫で冷やしておいただけだ。

出来上がったおつまみとビール二缶、グラスをお盆に載せて居間に向かう。

「お待たせ」

「待ってたよー」

ちゃぶ台にお盆を置く。

皿を天板に並べて。

満を持してスーパーでドライな銀のブツを置けば、待ちに待った晩酌タイムの始まりだ。

ほのかなごま油の香り。

グラスを流れるわずかな水滴。

香りはもちろん、視覚的にもこれから飲む酒を美味《おい》しく感じさせる演出はなされた。

取るものもとりあえず、涼音もあずさも缶のタブを引き上げた。

プシッ！

キンキンに冷えた缶から弾《はじ》ける、炭酸が抜ける音が耳に心地よい。

ざっくり四十五度に傾けたグラスにビールを注いでいく。

やはり伝家の宝刀、泡三黄金の液体七。

昨日はちょっと失敗したが、今回は……うまくいった。

たまらない。

やはりビールは何より見た目から美味《うま》そうと思えることが大切だ。

安いチェーン店の居酒屋のビールも悪くは無いが、これが一杯千円くらいするバーに行ったりすると極上の見た目のビールを出してくれるのだ。

いずれまた行きたいなあ、と思いつつも、今は目の前のビールが当然のごとく勝利する。

想像と記憶の中にしかないビールよりも、目の前に実在するブツに勝るものは無い。

そこのところ、涼音も割とゲンキンだった。

これ一杯で終わりなので、大事に飲まなければ、と思いつつ、まずは二割ほど。

ごっごっと喉《のど》を鳴らしながら流し込む。

「ぷはぁ……」

うまい。

さすがは銀のヤツ。いえ、金麦様に不満など申しませんとも。しかし、このキリッとした辛さは、銀のヤツでしか味わえない、別の種類の幸せなのであります。

「はあー、たまらん！」

同じく二割ほどを豪快に飲み込んだあずさも満足げだ。

飲み放題なら一気に半分は空けているが、一人一缶のみである以上、豪快かつ大切に飲むわけだ。

さて、生ビール単体でもじゅうぶん楽しめることには変わりないが、肴が旨ければなおいい。

手間と値段を極力抑えた肴ならばさらによし。

料理の腕はこの瞬間のため、と言っても決して言い過ぎではないのであります。

それはあずさも同様。

より旨い酒を愉《たの》しむためにはより旨い肴くらいは自分で用意できてこそ酒飲みと名乗れるというものであるからして、これを他人に頼ったりテイクアウトの惣菜《そうざい》に頼るではなく本当に合うものを用意出来たり今日の気分や気温湿度に合ったもので愉しむということができてこそ酒に対する礼儀を守っていると言えるのではなかろうかと思う次第でありまして。

と、ここまで一息に言い切ってしまうかどうかは定かではないが、少なくとも熱意はこれで間違っていない。

さぁて、喉を潤したところで、ここからが本番です。

まずは大本命のもやし。

いわゆるナムル風だ。

ほぼほぼナムルと言ってもいい気もするが、手抜きでササッと作ったものなので、涼音的にはナムル風である。

口に入れて噛《か》んでみると、シャキシャキとしたいい歯ごたえ。

次いでラー油、ごま油の香りが鼻に抜けていく。

旨味は鶏ガラとにんにく。

しびれる程じゃない辛さ。

物足りないのではない。過剰でもない。いい塩梅だ。

だからこそ、鶏ガラの旨味が霞《かす》むことなく、しかし主張しすぎず、しっかりと舌を楽しませてくれる。

きちんと冷やしているし氷も添えているからか、ひんやりとして箸《はし》が止まらない。

最後にビールを一口含んでそのすべてを流し込む。

実に合う。

「いけるいける」

あずさが箸を伸ばしたのは味付けしていないきゅうり。

もろきゅうの真似《まね》っこだ。

醤油味噌につけて食べる。

彼女の口からカリカリといい音がしている。

「超簡単だけどいけるでしょ？」

「超簡単って分かってるからこそ満足度高いねこれ」

あずさも涼音と同じくらいの料理の腕がある。

この料理、複雑な工程は全くない超お手軽おつまみであることは隠すまでもない。

醤油味噌の味わい。

どちらも豆をもとに造られる調味料。しょっぱさの中に豆のわずかな甘みとコクがある。醤油の香ばしさ、味噌のホッと安らぐ香り。

日本人たるもの、これが嫌いな人はいないはず。いえ、もちろん、個々人の好き嫌いがあるのは承知しているので、あくまでも涼音個人の意見ではございますが。

まだまだこれでは終わらない。

きゅうりの叩きと崩し豆腐の梅ソースはどうか。

スプーンで取り分けて食べてみる。

さっぱりとした梅は豆腐と混ざっても、その酸味を失わない。むしろ、きゅうりによくからむことで、味わいを増している。

やはりこれも、ほとんど水分でできているきゅうりだからこそ、たれの味と食感を十分に楽しめる出来栄え。

これをまたビールで流し込む。

「うん、これもうまい」

悪くない。

どころか実にいい。

きゅうりのシャキシャキ感と崩し豆腐の柔らかさと滑らかさ。

絹《きぬ》豆腐を選んだのは正解だった。

そしてそれらを引き締めるすっぱい梅の味。

これらが絶妙なハーモニーを奏でており、涼音はとても好きな味だ。

どこかの居酒屋で出たわけでもなく、試験的に作ってみたこともない。

完全な思いつきで作ったものだ。

ぶっつけ本番だったが、自分の直感が合っていたことで満足度も一入《ひとしお》だった。手をかけて作ったわけではなくこの味を楽しめるなら。手間というコストがかかっていない分のお得さも相まって、なおさら美味く感じられる。

とんでもない時間と手間をかけて作ったものに比べればもちろん落ちるのは間違いないが。

とんでもない時間と手間をかけるだけがすべてではないと、涼音は知っていて良かったと、こういう時は特にそう思う。

そしてそう考えるのは涼音だけではない。

料理に関してはあずさも同じような価値観考え方を持っているのである。

ひとしきり食べ終えた後、涼音とあずさは食べたり飲んだりする手を緩《ゆる》めた。

まだ少し残ってはいるが、ゆっくりじっくり時間をかけてここまで進めたので、涼音もあずさも大満足なのである。

「あー、幸せ」

「ほんとねぇ」

ビールと肴。

最高の晩酌だった。

それだけじゃない。

器にまだ残っている氷を箸でつつくと、カラランと音がしてガラスの上を滑っていった。

美味しいお酒。

うまい。

美味しい肴。

うまい。

自分で作ったものが美味しい。

実に幸せだった。

特別じゃない、何者でもない自分たちだけど。

何でもないことを幸せだと思える涼音とあずさは。

他の人はどう感じてどう言うかは分からないけれど。

きっと幸運な夫婦に間違いなかった。

ささやかな、取るに足らない幸せの余韻《よいん》を抱えたまま。

涼音とあずさは、目を合わせて笑った。

第三話
レモンサワーに合うのは？

ぴぴぴ、ちゅんちゅん——

なんの変哲《へんてつ》もない平日、朝。

まるでアニメの朝のような小鳥の鳴き声で、あずさは目を覚ました。

寝ぼけ眼《まなこ》を擦《こす》りながら身体を起こし、カーテンの隙間《すきま》から差し込んでくる朝日に目を細めた。

隣では涼音がまだ寝ている。

あずさのほうが起きるのがはやいのはいつものことだ。

まだまだぐっすり寝ている夫を起こさないよう、あずさはタオルケットをどかして起き上がった。

「ん～……」

立ち上がってぐーっと身体を伸ばす。

出かける時間があずさのほうが早いので、起きる時間もあずさのほうが早いのだ。

別に夫を起こす必要性を感じないので、もうずいぶん前から、平日の朝は別々に起き出すようになっている。

お互いにタイムスケジュールが違うので、合わせることに意味は無いのだ。

あずさはあずさ、涼音は涼音でそれぞれ朝のルーティンがある。

あずさは起きてからまずは洗面所で顔を洗って口を漱《すす》いだ。

少し頭がすっとしたところで、コーヒーを準備。

安くて量が多いインスタントコーヒー。

舌が肥《こ》えていなくてよかった。

これで十分だ。

電気ケトルに水を入れてスイッチオン。

あずさは居間のカーテンを開けた。

気持ちのいい……いや、気持ちよすぎる青空が広がっていた。

「うーん、今日も残暑厳しそう」

いつになったら涼《すず》しくなるのか。

夏が嫌いなわけではないが、いつまでも暑いのも困りもの。

とはいえ、朝晩はだいぶ涼しくなってきた。もう少ししたらかなり過ごしやすくなるだろう。

そんなことを考えているうちに、ケトルのお湯は沸《わ》いていた。

インスタントコーヒーを入れたカップに注《そそ》ぐ。

いい匂いだ。

香ばしくてとても良い。

本場のコーヒー豆を挽《ひ》いたりすればもっといい香りなのだろうが、あずさにとってはこれで十分。

涼音もこれで満足している。

インスタントにしてもゴールドブレンドのほうが味も香りもいいのは分かっているが、いかんせん、

「たっかいのよねー、あれ」

ずず、とすすりながら、あずさはテーブルに肘をつき、手を顎《あご》に置いてひとりごちる。

あれくらいのものは気にせず買えるようになりたいものだが、なかなかこのご時世、満足いく稼《かせ》ぎを得るというのも簡単ではない。

あずさよりもいい大学を卒業したような頭がいい同級生が、あずさよりも薄給である、というのも別に珍しい話じゃない。

別にその同級生が悪いわけじゃない。

何が悪いのかと言えば、この不景気なのだろう。

朝もはよからそんなネガティブなことを考えていたら、今日一日乗り越えられたものではないのです。

「やめやめ」

これから仕事という名のエネルギーを消費する行為に乗り出さなければならないのだ。

毎日のこととはいえ、好きで働いていると思われるのは心外であります。

働かなくて済むのならダラダラと寝て過ごしたい。

このコーヒーがビールに変わったらいいのに。

あいにく魔法使いでもないので、そんなことはできないのだが。

かつて一世《いっせい》を風靡《ふうび》したハリーなんちゃらのような世界だったら、もしくはできたのかもしれない。

自分にそんな魔法が使えたらどうしただろうねぇ。

なんて益体《やくたい》もないことを考えてしまうのは朝だからだ。

頭が起きていない。

テレビをつけ、音量を下げる。

涼音を起こさないように。

テレビからの音声があずさの立てる音を消してくれるような気がするから。

コーヒーを飲み終わったあずさは、シャワーを浴《あ》びて寝汗を洗い流し、着替えてから鏡に向かって化粧をする。おはよう、三十一歳の自分。

別段面白くもなんともない朝のルーティン。

あわただしく動いているうちに、準備は完了していた。

いつもの通りの朝。

でかけるまであと十五分。

「もう一杯」

今度は麦茶を注いで飲む。

さすがにこの時間になれば身体も十分に起きている。

それに今は暑いので、水分補給は大切だ。

暑くなくとも大切だが、今は特に。

とはいえ、起き抜けに冷たい水を飲んで身体をいじめるような趣味は持ち合わせていないのです。

ここで、君は酒が好きなのだから肝臓はいじめているじゃないか、というツッコミはN

G、禁句、タブー、禁則事項となります。
そもそも肝臓にそんな大ダメージを与えるほどがばがばと量を飲むことは基本無い。

飲むとしても缶一本だけ。

一本だけである主な理由は経済的なものだが、結果的に肝臓にもダメージが少なくなっているというわけです。

ごくごくと喉《のど》が鳴る。

起きてからあずさが胃袋に入れたのはコーヒーと麦茶だけ。

ちなみに朝ごはんは食べない派。

朝食は摂《と》ったほうがいい、と聞いたことはありますが、それでも起きてからはしばらくの間、あずさの胃袋はごはんを受け付けたりはしない。

なので描くべき朝食シーンが無かったのです。

麦茶を飲み終わったのでいつもの時間に家を出て、いつもの時間に駅に着いた。

いつもの改札からいつもの階段を上り、いつものホームのいつもの車両のいつもの乗り場に。

改札も階段も乗り場も複数あるが、あずさが使うルートは大体固定されている。

乗り換えに便利なわけでもないのだが、もちろん意味はある。

朝の通勤時間、当然ながら電車は非常に混む。

特に総武線といえば、中野《なかの》方面の各駅停車も、横浜《よこはま》方面の快速も、日本中でもトップクラスに混む路線でありまして。

十五両編成の真ん中付近などはもう目も当てられない。

なのであずさは最後尾側に乗ることが多い。

最後尾も先頭もどちらも真ん中よりマシだが、最後尾を選んだことには特別な理由はない。

無理やり理由をつけるなら、先頭に乗ると、なんとなくはりきっている感じがして、今のあずさの気分じゃないから。

多分。

きっと。

ほどなくして、ホームに総武線快速が轟音《ごうおん》とともに滑り込んできた。

並んでいる人について乗り込む。

まだまだ本格的に混む時間帯ではないので、座ることこそできないものの自分の立つ場所は確保できる。

大体いつもポジションは決まっている。

今日あずさの前に座っているのは女子高生だ。

大体変わらない顔ぶれであることが多い。

いつもの大学生らしき青年であることもあれば、おじさんであることも。

なんとなく認知している。

この時間のこの車両のこの辺《あた》りには大体この人が乗っている、ということを。

もしかしたら向こうも同じように認知しているのかもしれない。

この時間のこの駅のこのドアからはこの人が乗ってくる、ということを。

気付いたら電車は機械音を響かせながら走り出していた。

流れていく景色を眺めながら、あずさはぼんやりと電車に揺られる。

乗っている人の中にはあずさと同様に乗り気じゃない顔をしていたりする人もいる。

大多数がそうだ、なんて暴論をぶち上げるつもりはないけれど、疲れている人もいる、と感じるのは間違いない。

毎朝のことなので、毎日考えていると気が滅入《めい》ってしまう。

あずさとて今日はたまたまそんなことを考えただけ。

普段はもっとくだらないことを考えているか、あるいは何も考えていないことがほとんどだ。

これ以上その思考に沈むのも建設的ではないので、スマホを取り出してパズルゲームをプレイ。

時間をつぶし、頭を切り替えるにはちょうどよかった。

新橋《しんばし》駅で乗り換えのために降り、山手線《やまのて》で隣の浜松町《はままつちょう》駅に。

地下から地上に上《のぼ》って一駅のための乗り換えだ。

新橋に止まるのだから浜松町にも止まっていいじゃないかと思わなくもないけれど、言っても詮《せん》無き事。

『浜松町〜、浜松町です。ご乗車、ありがとうございます……』

駅のアナウンスに押され、あずさも他の乗客に混ざって降りる。

浜松町はオフィス街。

ここに勤める人で朝はごった返していた。

人の波に置いて行かれないように、押さず押されず、途切れることない流れに乗れば、人の多さの割には意外と歩けるものだ。

自分勝手に動けば揉《も》め事になる。

そういう人がいないわけでもないが、そうなると時間を取られてしまう。

朝は皆時間に追われているし、これから仕事で神経と体力が削《けず》られるのに、揉め事なんぞで消耗したくはない。

あずさはそう思うし、大多数の人たちもそう考えるはずである。

数分歩けば、あずさが勤めている会社に到着する。

カードをかざしてセキュリティを通過し、自分が在籍するフロアへ。

「おはようございます」

さあ、今日も一日が始まる。

何も変わり映《ば》えのしない、特筆することのない一日。

つまりいつも通り、平和な一日の始まりということだ。


懐かしくどこか気の抜けたキーンコーンカーンコーン、という音を聞いて、あずさは身体を伸ばした。

「ふう」

進捗《しんちょく》は悪くない。

ぼちぼち進んだので、今日も定時で帰れるだろう。

残業などノーセンキュー。

涼音と結婚する前は残業上等万歳バリバリガリガリと仕事に打ち込んでやってきたが、涼音と出会ったことで自分を締め付けてまで仕事をしていたことに気付いたわけだ。

ハードワークすること自体が悪いわけではない。

自分を鰹節《かつおぶし》のように削ってまでやることでもない、そう教えてもらったのだ。涼音に。

さて、午後を乗り切るためにも、まずは昼食だ。

財布を持って外に出る。

陽射しが強い。

手のひらで遮《さえぎ》るように庇《ひさし》を作って目をかばった。

これでだいぶましになってきたのだから、先月あたりの夏本番がどれだけしんどかったのか、というところです。

「さぁて、お弁当お弁当……」

仕事をどうしてがんばれるか。

かつては仕事で出す結果が理由だった気もするが、今は違う。

今はそう。

お昼ごはん。

お弁当だ。
これのためにがんばっていると言っても過言ではない。
大げさ？
くだらない理由？
言ってくれるではないか。
そんな言葉を投げかける諸君は、さぞ崇高《すうこう》な理由にて働いているのだろう。
結構結構、素晴らしい価値観である。
ただ、価値観を他人に押し付けないで頂きたいのです。
あずさはいつもの道を歩いていつもの弁当屋を目指す。
お昼を買う店は大体四つ決めている。
食いっぱぐれないための方策だ。
お目当て、大本命の弁当屋に到着した。
が。
「ありゃ～……」
行列。
行列。

行列。

東京の名を冠する浦安《うらやす》のテーマパークの人気アトラクション、とまではいかないが、いつもに比べてずいぶんと並んでいる。

お店にかけられている看板を見ると、答えが書いてあった。

残暑でも食欲が湧くような新たなメニューが出ていたからだ。

みんなどんなものか頼んでみているらしい。

それくらい味がいいお店なのだ。

あずさが大本命に選んでいるのも、シンプルにどのお弁当を買っても美味《おい》しかったから。そして注文を受けてから作るので時間はかかるが出来立てであること。

ちょっと上から目線だけれど、どうか寛大な心でお許しくださいませんでしょうか。

わたくし有村あずさはそんなグルメを気取るほどではありませんが、自分で料理はするし、晩酌《ばんしゃく》のおともにする肴《さかな》にはこだわっているし、それなりに一家言あると自負するところであるからして、お弁当や定食屋に対する基準も自然と高くなってしまったのであります。

しかし、今日はあきらめるしかなさそうだ。

今から並ぶと会社に戻る時間は少し遅くなってしまう。

「あきらめるかぁ……」
食べたかった。
このお店の味の気分だったのだけれども。
仕方ないので第二候補のテイクアウトもやっているカフェに向かう。
ここからはそんなに遠くはないのですぐに着く。
すると。
「あっ、そうだった」
シャッターが下りており、そこには「店舗改装のためお休み」と書いてあった。
しばらく前からアナウンスはされていた。
第一候補のお弁当屋さんに行くことのほうが多かったので、忘れていた。
仕方がない。
第三候補に行くとしよう。
そこからさらに少し歩いて、たどり着いたのはコンビニ。
なんとなくだが、コンビニを選ぶことは少ない。
お弁当屋さんやテイクアウト店の出来立てが食べたいからだ。
あずさはそこでサラダとおにぎり、それからちょっとしたものを手に取って列に並ぼうとして……ドレッシングがついていないやつだったことに気付いて戻った。

胡麻《ごま》ドレッシングが好きだけれども、今日は青じそノンオイルドレッシングかな。

あずさはそれも追加で手にして、レジの列に並んだ。

すぐに自分の番が回ってきたので電子マネーでピピッと払って終わりだ。

この事務的な感じも嫌いではない。

レジ袋を提《さ》げて、涼しいオフィスへの帰り道を歩く。

途中にあった小さい公園で、あずさは見てはいけないものを見てしまった。

「レッサーうめえ!」

「しみるぜ!」

大学生らしき若者たちが、真っ昼間から黄色の果実の描かれた缶を片手に楽しそうに騒いでいたのだ。

授業が終わったのか、抜け出してきたのか、そもそも今は無いのか。

いずれにしても羨《うらや》ましいのは間違いない。

そう思っているのは、お昼を買いに出てきたサラリーマンたちも同じらしい。

「レモンサワーかぁ……」

今流行りのやつだ。レッサーって略すこともあるのね。なるほど。

定番の肴は唐揚げ。

他にも色々と合うものはある。

これ、という肴でないとダメ、ということはなく。

極端な話、これ食べたいと思ったものに、レモンサワーでいいと思うのよね。

と心の中で考えつつ。

とすると逆に楽しみになる。

何を合わせようか、と。

気付いたら会社に着いていた。

おにぎりとサラダを取り出して食べる。

ダイエットではない。

あまり食べ過ぎないようにしているのは間違いないが、今の体型ならば特別やせようとする必要はない。

と、世の中の女性を敵に回すようなことを考えてしまったので、口にしないように細心の注意を払いつつ、サラダを箸《はし》でつんつんする。

別に太りにくい体質とかそういうわけではない。

ただ今は、ある程度帳尻を合わせるのに成功しているだけです。

女性としては断固として否定させてもらいたいところ。

サラダがなくなったので、買ってきたシャケのおにぎりを開けようとしたところで、香ばしい揚げ物の匂いが鼻に飛び込んできた。

「…………」

匂いの発生源のほうに目を向けると、そこでは後輩の社員がコロッケ弁当を開いたところだった。

あれか。

あれが、あずさの嗅覚《きゅうかく》をくすぐったのか。

なんて罪深い。

あずさが普段行くお弁当屋さんのものではないが、あれも間違いなく近辺の会社員向けに出店している手作りお弁当屋さんのものだ。

キッチンカーのお弁当屋さん。

こちらも普段あずさが行くお弁当屋さんと同じく注文を受けてから作るので時間はかかるけれど、揚げたて焼き立てが食べられるので良し《ベネ》、なのです。

いないときもあるので、候補には入っていないけれど。

出来立てコロッケの匂いは暴力的だった。

そう感じているのはあずさだけかもしれないが。
そんなことはどうでもよかった。
これだ。
これかもしれない。
否《いな》、これがいい。
今日の夜の肴は決まりだ。
コロッケだ。
コロッケを肴にレッサー。
それを楽しんでいる場面を想像するあずさ。
これ、最強じゃないかしら。
天才の発見じゃないかしら。
間違いない。
完璧な布陣。
あずさは午後も乗り切れる気がした。

「たーだいまー」

音量は小さいもののウキウキとした声が部屋に響く。

午後の仕事から今まで、あずさの頭の中は完全にコロッケとレモンサワーに支配されていた。

じゃあ仕事なんてできないじゃないか。

いやいやそんなことはない。

コロッケとレッサーを涼音とキメてハイになってトびたい。

この欲望は、彼女をかつてないほどに集中させた……かどうかは定かではない。

しかしそれを楽しみに、残業をせずに帰ってきて準備をすると決めたことで仕事を頑張る理由にできたのは間違いない。

手を洗ってうがいして、さっさと着替えて、さて台所の物色だ。

じゃがいもと玉ねぎはある。

ひき肉も凍らせてあるやつが残ってる。

夫婦そろって料理をする有村家の台所に、パン粉小麦粉卵が無いわけがない。

もちろんその他調味料も。

塩とコショウ、鶏ガラスープの素を用意して、油さえあれば完璧だ。

今からタネを作って、涼音の帰宅に合わせて揚げればいい。

なんなら、涼音が帰宅してから揚げても。

「焼酎《しょうちゅう》とソーダ……うん、あるある」

レモンもあるし、レモン果汁もある。

「完璧」

思わずにんまり。

惣菜としてコロッケを買うと高いし、レンチンするだけのものはコスパが悪い。

冷凍食品は手間と時間がかけられていて、保存食という効果を発揮するものなので高いのだ。

コロッケは手間はかかるものの、普段から家に食材や調味料を用意していさえすれば、意外と安く済む。

さっそくじゃがいもを洗ってピーラーで皮をむき、ザクザクとカットして大きめの鍋で塩茹でにする。

その間にひき肉と刻んだ玉ねぎを炒《いた》める。

じゅーじゅーといい音とともにいい匂い。

これだけでも全然美味しそうですきっ腹にはだいぶ刺さってしまう。
料理をしているといつもこうなってしまうのは仕方がないことだろう。
だがまだまだ。
これからなのだ。
ひき肉に塩コショウをふってざっと味付けしたら火を止める。
完全に火が通ってはいないけれど、後は余熱で火が通るだろう。
じゃがいもに箸がすっと刺さるくらいに茹で上がったら湯を切り、すり鉢《ばち》に投入。
フライパンを覗《のぞ》くとひき肉にも玉ねぎにも十分火が通っているようだ。
こちらもすり鉢に投入しすりこ木でごりごりとつぶしながら混ぜる。
「ふんふふ～ん♪」
キッチンがいざ進む古いアニメの歌を思わず口ずさみながら。
ある程度じゃがいもがつぶれたところで鶏ガラスープの素をいれてさらに混ぜ混ぜ。
わたしたちは鶏ガラを愛し、愛されたふたりなのです。
十分に混ざったところでタネをコロッケの形にしていく。
全部で八個。食べきれないか？　残ったら冷蔵庫に入れておけばいいので問題ない。
意外と食べきれちゃうかもしれないので、足りない……と不満に思うくらいなら、多くて余った、というくらいでいい、と過去の経験から学んでいた。
パン粉、小麦粉、卵を用意。
あとは、小麦粉をまぶし。
卵にくぐらせ。
パン粉をまんべんなくつけたら揚げればＯＫだけど、ここでいったん中断。
涼音が帰ってくるにはもう少しかかる。
揚げてしまうとダメだ。
コロッケがギリギリ浸かるか浸からないか。浅くフライパンに油を入れておく。
「さって、涼音どのは今どこかなあ」
どうせあと十分もかからない。
タネにラップをかけ、フライパンに蓋《ふた》をして。
居間でテレビでも見ながら待つことにした。
ただ内容が入ってこない。
あずさの頭の中は完全にコロッケとレッサー一色だ。
数分後、玄関の鍵が開けられる音がした。
「ただいまー」

と、夫である涼音の声。
待っていた。
あずさは立ち上がって玄関に向かう。
ちょうど靴を脱ぎ終わり、手を洗いに洗面所に入ろうとしている涼音がいた。
「おかえり。今日はレモンサワーだよ」
「へえ？」
話が早い、とはこのことだろう。
涼音はさっさと手を洗いに行った。
あずさもまた、なるべく早く食べられるように準備再開だ。
おおむね処理は終わっているので早い。
手を洗ってからコンロに火をつけて油を温める。
続いてタネに小麦粉をまんべんなくつけて、溶き卵を準備。
それにくぐらせたらパン粉をつける。
後は、ある程度温まってきた様子の油に、小麦粉を卵につけてぽたりと垂らしてみる。
ぱちぱちといい音が鳴る。
いい感じだ。

「うん、いいね」

よしよし。

これならコロッケを油に入れてもいいでしょう。

一つずつかす揚げに載せて静かに沈めていく。

じっくりと丁寧に一つずつ。

ジュワアア……と実に美味しそうな音がする。

「コロッケ？」

「うん」

「この匂いと音、たまらんなぁ」

二個目、三個目と次々と油に沈めていると、着替え終わった涼音が喉を鳴らしながらやってきた。

「でしょ。私もお昼に匂いをかいでね」

出来立てコロッケ弁当の悪魔的な匂いをかいでから、ずっとこうしたかったんだよね。

涼音にそう言って、残りのコロッケもすべて油の中に沈めた。

油の中でジュウジュウと言いながら八個のコロッケが泳いでいる。

「いやあ、これは暴力的だもんね」

わかるわかる、と涼音が頷いている。
分かってくれて何よりだ。
この気持ちを共有してくれると思っていた。
さすがにすぐには揚がらないので、バットと網を用意する。
「涼音、お酒の用意よろしくです」
「レッサーだな、任せろ」
涼音は、あずさが存在確認してあったレモンサワーセットを取り出して準備を始めた。
あずさが作っても美味しいのなら、涼音が作っても同じくらい美味しい。
あずさはコロッケの揚がり具合を見ているので涼音を手伝えない。
彼にまかせておけば問題ないのです。
酒がメインなので、レモンサワーだけでも楽しいのは間違いない。
しかしそこに添えられるものがよりよいなら言うことは無いわけでして。
そして、どうせ添えるなら雑な扱いはしたくはない。
ちゃんとしたものでなければ。
逆に半端《はんぱ》な調理をするならむしろつまみなどないほうがいいまである。
つまりは、コロッケこそが重要。

合計八つ。

全部がキツネ色になるまでは目が離せない。

せっかくコロッケを選んだのだから、こんがりキツネ色サックサクを味わいたい。

涼音の手が止まっている。

その理由もあずさには分かる。

油の中を遊泳中のコロッケたちを見て、まだもう少し時間がかかることが分かっているのだろう。

あずさもそうする。

むしろそれ以外の選択肢があるだろうか。いやない。

コロッケが揚がってバットに入り始めてから焼酎を注いでレモン果汁を入れて氷を入れて混ぜて……とやっても十分間に合う。

「あと五秒……」

火がちゃんと通ってなくても微妙だが、通り過ぎても良くはない。

衣が破れてしまうこともある。

5カウントで火を止めてかす揚げで一つずつバットにあげて油をきる。

それを見た涼音が、レモンサワーを作り始めた。

さて、氷がジョッキに落ちる透き通るような音。

からからと耳に心地いい。

ふと、あずさは思った。

「ねえ、ここで良くない？」

主語もなにもない言葉ですが、あずさとしたら別に何も違和感を持っていません。

これでも伝わると分かっているから、言葉足らずなわけであるからして。

「いいね、このままやっちゃおうか」

涼音が冷蔵庫からブルドックの中濃ソースを取り出し、小皿に垂らして置いた。

皿に盛らず、台所でバットから直接食べる。

これもまた良き。

別にお行儀なんて気にしなくていい。

そういうお作法や周りの目を気にしなくていいのも、おうちごはん、の良いところなのです。

「はい、できたよ」

涼音から、渡されたジョッキを受け取る。

よく冷えたガラスの感触。

シュワシュワかすかな音を立てるソーダと、涼しげなレモンの香り。

氷も多すぎず少なすぎず。

完璧だ。

「それじゃあ今日もおつかれー」

「おつかれー」

カチンとジョッキを打ち合わせ、飲む。

ぐびぐび。

二人して喉を鳴らして豪快に。

ビールの苦みとは違う。カクテルの甘さとも違う。レモンの爽やかさが鼻から味を香り付ける。シャワシャワとした刺激とレモンの酸っぱさとほのかな苦み。これこれ、と舌と喉で味わう。

思わず目を合わせて微笑み合う、似た者夫婦。

そして、大本命のコロッケだ。

あずさは八つのうち一つを菜箸《さいばし》で半分に切る。

菜箸なのは、洗い物が増えないようにするためで、それ以上の意味はありません。

まずは、ソース無しで。

果たしてどうだろうか。

サクッ。

いい食感のころも。

中まで火が通っているので、はふはふと思わず息が漏れる。

うまい。

ほくほくとした芋もあっつあつでいい感じだ。

じゃがいもと玉ねぎのとろけるような甘さと、肉の食感と香ばしさ。

それらを調《ととの》えている鶏ガラの塩気。

思い描いた味。

味付けは控えめにしたのだが、ソース無しでも味が感じられる。

「うん、美味しい」

コロッケを作ったことは一度や二度ではないので今更ではあるのだが、出来がちゃんとしてるかどうかは作るたびに不安になる。

何かのミスで味が変わったりするからだ。

気にするまでもないくらいの変化で済むこともあれば、想定していたよりもだいぶ味がずれてしまうこともある。

味見できる料理なら途中で確認ができるので、当初想定より味がずれることはほぼない。

ただコロッケはそうもいかない。

どうしてもタネの具合ももちろん大切ですが、一番重要なのはやっぱり揚がり具合だからです。

今回のコロッケは割と成功と言ってもいいでしょう。

ならば、次にすることは一つ。

ぐびぐび。

レモンサワーを流し込む。

「あー、さいっこー」

「たまんないわねー！」

二人して至福の顔。

涼音はブルドック中濃ソースを表面に軽くつける。

「やっぱこれなわけよ！」

シンプルに、コロッケにソース。

そしてレッサー。

最強——

涼音はそう言わんばかりの表情である。

分かる。

それこそが最高。

中には醬油《しょうゆ》をかけて食べるほうが好きな人もいるが、あずさもソース派だ。

醬油派は醬油派、ソース派はソース派で、互いの領分を侵《おか》さずにそれぞれ楽しんだらいいのです。

目玉焼きに塩コショウ、醬油、ケチャップで意見が分かれるのと同様。

あずさも真似してソースをかけて食べる。

ほんの少しちょんちょんとつける程度の涼音に対し、あずさは軽くトトー、とかけるくらいが好みだ。

このように、同じソースでもかける量でさえ好みが分かれるのだから。

ともあれ。

うん、美味しい。

キツネ色の衣。

コロッケの断面からはほくほくの湯気——

味覚はもちろん、視覚からも楽しめるコロッケ。

シュワシュワで酸味が強く、アルコール度数も自由に決められる手作りレモンサワー。

居間にもっていかず、キッチンで涼音と二人、立ち飲みに興じる。

どちらも、お金が取れるほどのクオリティがあるわけじゃない。

ただの家庭料理。

でも。

家庭料理ならではの幸せをもう少し追求してみたい。

サクサクホクホク。

カラッとした衣に、よくほぐれたじゃがいもから感じる鶏ガラの味わいと玉ねぎの甘さとひき肉の食感。

ソースの甘みと酸味が混ざって美味しくないなんて言う人がいるだろうか。いやいない。

……という暴論はひとまず横に置きまして、夫婦二人ともが好む味わい。

そしてコロッケを食べて油っぽくなった口と喉を、レモンサワーで洗い流す。

そのどれもが、あずさと涼音にとっては最高だった。

幸せだ。

涼音と二人で楽しみながらもそう思う。

コロッケを食べてレモンサワーをキメて幸せ。

間違いない真実。

ただ。

それ以外の幸せもあるのは間違いない。

どうせならそちらも追求してもいいではないか。

贅沢《ぜいたく》ながらそんなことを思うあずさ。

コロッケという料理に楽しませてもらっているのに、もう次のことを考えている自分が不義理に思えてしまったのだ。

ともあれ、まずはコロッケだ。

せっかく出来立てがまだまだ残っているし、レモンサワーは缶のものとは違って好きに飲める。

あずさと涼音は思う存分レモンサワーを楽しみ、コロッケに舌鼓《したつづみ》を打ったのだった。

土曜日――

「レモンサワーのツマミかぁ」

じっくりたっぷり、コロッケでレモンサワーをがぶがぶと思う存分飲んだのは数日前。

非常に楽しい時間ではあった。

それに触発されていた涼音に、ふとあずさがこういった。

今日は涼音が作るおつまみでレモンサワーを楽しみたい、と。

またレモンサワーで楽しむことに異論は全くない。

むしろ望むところ、受けて立ってやろうではないか。

誓って競争をしているわけではない。

勝負でもなんでもございません。

対抗心とかあるはずがない。

ないはずである。

無いに、違いない。

閑話休題（それはさておき）――

さて何を作るか、という悩みの種。

コロッケがかなり美味しかったので、いざ自分が作るとなったら何にしようかと腕を組んで仁王立ちをかましてしまったのが午前中のこと。

午後になって家を出てはみたものの、何かが決まったから出てきたわけではなかった。触発されたのは間違いないが、だからといってすぐにアイデアが浮かんだりするわけじゃあない。

「もしそうなら、世の中の主婦の方々は困ってないしなぁ」

日々のごはんの献立《こんだて》。

これに頭を悩ませている、という話は何度も聞いたことがある。

「なんでもいい」

と言われて「じゃあ」と作ったら「これじゃない」と言われた、などはよくある事例だ。

涼音があずさにそう聞かれて「なんでもいい」と返したなら、出されたものに一切文句など言うつもりはない。

一度でも言えば最後「じゃあ自分で作れば？」と言われるのがオチだ。

そこで意地を張って、作れるからと自分で作ったりすればもうそれで終わりだ。

結婚生活の終焉秒読み待ったなしまでありえる。

だからこそ、聞かれたらあれがいい、とか、これがおかずにあると嬉しい、といった感じで伝える。

もっとも、あずさも涼音も、冷蔵庫の中身を見て献立を決められるくらいには料理をしているので、あずさから聞かれることも、涼音から聞くこともめったにないのだが。

さて、何を作ろうか。

今回細かいリクエストは無い。

あずさの要望は「涼音が考えるレモンサワーに合うおつまみ」というだけ。

スーパーをふらふらと歩きながら物色しつつ考える。

「うーん……おっ」

涼音の目に入ったのはえのきだけ。

冷蔵庫の中を思い出す。

うん、あれもある。

それもある。

涼音の記憶が正しければ、思い浮かべたものはすべてそろっている。

一品は決まった。

さて次の一品はどうしようか。

スーパーを二周ほどして、何となく作りたいものは決まったけれども、いまいち踏み切れずにえのきだけのみ買った。

ここで買ったものでも作ること自体は全然できる。

買わなかった理由は極めてシンプル。

ちょっと高く感じたのだ。

共働きで子供もいない有村家だが、決して裕福ではない。

その理由は貯金しているからだ。一国一城の主となるために。

無駄遣いせず、節約できるものは節約したい。

昨今の景気のせいか給料も人並みくらいなので、そこから貯金するとなると、好きに使えるお金はなかなか少ない。

涼音はスーパーを出て、行きつけのお肉屋に向かった。

目当てのものはすぐ見つかった。

鶏の皮だ。

これが欲しかった。

比較的安く買える部位でもある。

先ほどのスーパーでは置いてなかった。

たまたまか。、

今となっては何でもいい。

無ければ別の場所に行くだけなのだから。

「おじさん鶏の皮ちょうだい」

「あいよ」

鶏の皮を買って、お肉屋さんでの買い物も終わり。

えのきだけを使ったつまみも、鶏の皮を使ったつまみも、他の調味料や食材は家にあるため、これで作戦行動完了、帰還いたします。

てこてこと残暑厳しき中を額の汗をぬぐって歩いて、わが家へ。

「ただいまー」

「おかえりー」

「あー、涼しい」

冷房はついていないが、窓を開け放ち扇風機で室内の空気を回しているので思いのほか涼しい。

真夏の時は熱中症防止のためガンガンつけていたエアコンも、今やつけない日が多くなってきていた。

「お目当てはあった？」

ほっとくとすぐ悪くなるので手洗いうがいもそこそこに冷蔵庫を開けた涼音に、あずさが声をかけた。

「うん、買えたよ」

買ってきたのはえのきだけと鶏の皮だけなので、冷蔵庫にしまうのも一瞬だ。

そのまま麦茶を取り出し、コップに注ぐ。

飲みながら涼音が手を出すと、あずさはコップを差し出す。

コップを受け取って麦茶を注ぐ。

麦茶の温度と部屋の気温の差に汗をかいているポットが、夏の名残をくゆらせている。

二人してごくごくと喉を潤した。

汗をかいたので水分を補給しないと倒れてしまう。

そういう話は身近で何回か聞いたことがあったが、それだけではない。

汗をかいていないから水分補給はいらない、と甘く見たばっかりに脱水症状だったり熱中症だったり。

起こるときは起こるもの。

麦茶を二杯ほど飲んで喉を潤した涼音は、電気ケトルに水を入れてスイッチを入れてから、汗をかいたTシャツを脱いで、濡らしたタオルで身体を拭いて着替えた。

しばらくするとお湯が沸いたので麦茶のパックを入れた。

後は冷ましてもう一本のポットに入れて冷やせばＯＫだ。

二人で飲むと、二リットルの麦茶でも一日で空いてしまうため、夏場は常に三本のポットで運用している。

二人暮らしにしては大きい冷蔵庫なので、それくらいは入れられるわけだ。

二人ともに料理をするからこそ、大きい冷蔵庫でもじゅうぶんに使いきれている。

もっとも、たまに食材をダメにしてしまうのはご愛敬《あいきょう》。

涼音もあずさもそのへん気を遣っているが、時折認識から漏れることがあるのである。

麦茶の作り置きの作業も終われば、のんびりとした時間。

水分補給をしながらお互い思い思いの時間を過ごしていると、ほどなくして外がオレンジ色に染まってきた。

夕方。

そうつまり。

これからが涼音とあずさの時間である。

涼音は台所に立って調理を始めた。

「よーし」

まずは鶏の皮だ。

鶏の皮はそのままある程度ほぐしてはがれやすいようにして。

白ネギとにんにくをみじん切りに。特に白ネギはこれでもかと山盛りができるほど。

レモンを搾《しぼ》りやすいようにくし切りにする。

ごま油、鶏ガラスープの素、刻んだ白ネギ、にんにくのうち七割を入れてレモンを搾り、混ぜて、かなりネギ多めのたれを作っておく。

鶏の皮自体が油みたいなもんなので油は不要。

油をひいていない熱したフライパンに皮を投入して炒め、焼けてきたら酒を軽く振る。

ジャアアア——と耳から御馳走《ごちそう》の香りがした。

フライパンに蓋をしたら、その間にえのきだけだ。

キッチンばさみで根元を切り落とし、さらに半分に切る。

耐熱容器にごま油、塩、レモンを搾り、刻みにんにくの残りを入れて混ぜた後、えのきだけも入れてラップをしてレンジでチン。

その間に鶏の皮を見ると、いい具合になっていた。

「でももう少しだな」

まだもうちょっと。

この「もうちょっと」が肝心で難しい。

いい焼け具合、というのに明確な指標というものは存在しないのだ。

調理する人、食べる人の好みにも左右されてしまいますからね。

先にレンジでチンが終わったので、耐熱容器を取り出して鰹節、醬油をちょっと垂らして混ぜ合わせる。

最後に器に盛ってキッチンばさみでチョキチョキ刻んだ青ネギをパラパラ。

後は自然に粗熱をとる。冷めていたほうが美味しいし、レモンサワーの温度に近づけるのも結構大事……とどこかで聞いた。

偉そうに語ったが、誰かから得た知識なのである。

「こっちもいいかな」

フライパンから余分な油を取り除く。

こちらはえのきだけと違い、アツアツがいい。

カリカリに仕上がった鶏の皮を皿の上に並べ、ドサッとほぼ刻みネギのたれを皮の上に乗せる。

「うっし、終わり」

「こっちも準備いいわよ」

涼音の様子を見ていたあずさは自主的にレモンサワーを作っていた。

「オッケー、じゃあ始めようか」

涼音は二つの器を持って。

あずさは二人分のレモンサワーを持って。

居間に移動した。

そこには箸とふきんが用意されている。

涼音が料理している間にあずさがやってくれたのだ。

おもむろによく冷えたジョッキを手に取り、

「それじゃ」

「今週もがんばったから」

「かんぱい」

ジョッキを軽く打ち合い、ごくり。

ごく、ごく、ごく……ぷはぁ。

よく見たら、ジョッキの中に氷がない。にもかかわらず、喉を刺す冷たさ。

さてはレモンを凍らせたか。

好みの味になっている。

それに報《むく》いるには美味しい肴。

一品、えのきだけのうま塩和《あ》え。

二品、鶏の皮のパリパリネギ塩レモン。

味付けはあずさが好み、かつ涼音も楽しめるように作ってある。

まずは二人とも、えのきだけのほうに箸を伸ばす。

口に含むと、ごま油の風味とにんにくの香り、そして塩の旨味がぐっと広がる。たまらない。

そしてしゃくしゃくというえのきの食感がそれらを彩る。

ここにレモンサワー。

二人で同じタイミングでジョッキをあおり、二人とも同じく満足げな表情を浮かべた。

「これいいね！」

「だろ？」

いつかどこかで、居酒屋で食べたおつまみを思い出しながら、自分なりにアレンジしたものだ。

その時はえのきだけではなかったのは覚えている。

どんな食材だったかまでは覚えていないが、こんな感じの味だった。

こんな感じ、なだけでこうだったわけではないが。

さて続いては本命の鶏の皮だ。

パリパリの鶏の皮。

よく焼けている。

口に入れると、脂がじゅわりと広がった。

こちらはレモンのさっぱりとした味と鶏ガラの旨味と塩っ気、そして山盛りのネギとにんにくとごま油の風味が絶妙。

うまい。

こちらはいちおう涼音の創作料理です。

すべてがオリジナルではなく。

今はレシピサイトも豊富にあり、そういったところから発想を得ることも珍しくは無いのです。

しかし料理ができる人も、最初は何かしらを参考にしたり誰かしらから教わったりしているので、そういった蓄積から料理をしていることがほとんど。

なのでオリジナルと言えなくもないのでありました。

この鶏の皮にレモンサワー。

香ばしさとさっぱりとしたレモンが混ざって得《え》も言われぬハーモニー。

たまらない。

ひとつ言えることは、非常にマッチしているということ。

今回も大成功だ。

二人ともレモンサワーが進む進む。

肴の量は取り立てて多くはなかったのですが、レモンサワーを三杯ほどお代わりしてようやく器はきれいになりました。

「今回も悪くないでしょう」

涼音はそうつぶやく。

自信を持って何を作るか決めて料理をしてはいるものの、必ず成功するわけではありません。

失敗が普通に起きるのが料理というもの。

美味しく食べられた。

美味しく食べてもらえた。

必ずしもそうなるとは限らないので、今回もちゃんとできたことにホッとしたのでした。

「最高だったよ」

「本当に？」

「ええ。涼音で良かった」

あずさの言葉を上《うわ》っ面《つら》だけ見れば、料理ができる旦那で良かった、となる。

しかし、そうではないことを涼音はよくわかっていた。

料理がうまいことが一因なのは間違っていない。

けれども、それだけじゃない。

お酒が好き。

大雑把《おおざっぱ》に生きたい。

味の好みが合っている。

そういったもろもろの合う点と、妥協できる合わない点の集合体が結婚生活だ。

涼音という夫を選んでよかった。

そういう意味が含まれている。

それは、涼音のほうこそ、というやつだ。

君という妻を選んでよかった。

そう言う代わりに。

「寝るまで時間あるし……キスでもしようか」

「確かに時間はあるけど……寝るまでキスしてるつもりなの？」

唐突な涼音の言葉。

しかしあずさはそれを拒否しなかった。

寝るまで、というのは冗談である。

しかし愛を確かめ合うことまで、冗談にするつもりはないのでした。

第四話

買い物いかない？

カタタン、カタカタ、パチパチ、カチッ。

キーボードとマウスの音が鳴る。

涼音は、無心で取り組んでいたレビューファイルの調整を無事にやっつけた。

別にここまで丁寧にがっつりやらんでも、と思うけど、これは客先に成果物として提出されるので致し方なし。

それは誰もがきっと思っていること。

ぶっちゃけ、分かりゃいいのだ、こんなものは。

ファイルの目的が達成できていない内容のもの、というのはさすがに怒られる。

けれども、誤字や体裁《ていさい》の小さなミスごとき、目くじらを立てて追わなくてもいいじゃないか。

内容が分からない、関係が無いものを送っていたら別だけど、結局相手だって日本人。

読めないわけがないし、これでもじゅうぶんに伝わるんだから。

クライアントと話したこともあるが、彼らも正直、内容が分かれば体裁なんてどうでもいい、というのが本音だと。

ただまあ、システム開発は膨大な予算をかけているので、受け取る成果物はちゃんとしていなきゃいけない、と言っていた。

受け取ったものの内容はもちろん、体裁もちゃんとしているかチェックしないといけなくて仕事が増えるんだよなぁ、と愚痴《ぐち》っていたのを覚えている。

「これでよし」

ざかざかざかと目に映るところを修正して調整して。

できあがったファイルを、バージョン管理ソフトを介してサーバー上にアップする。

このファイルの前にもいくつか調整をしたので、このファイルが所属するディレクトリ内はチェックが終わった。

これでひと段落。

「一服するかぁ」

タバコを吸うわけじゃないけど一服。

涼音は財布から百円を取り出し、スナック菓子の自販機からポリッピーを買って麦茶を注ぎ直す。

この職場のいいところは、おやつが買えるところとウォーターサーバーと冷蔵庫に入っている飲み物を社員が自由に飲んで良いところ。

給料はそこまで高くはないけれど、福利厚生が結構いい。

休みも取りやすいし残業も最近は減ってきている。

ブラック企業がなんやかんやと騒がれることもある昨今の社会情勢におきまして、この会社の弱点は給料が安いことのみじゃないか？　ともっぱら社員の間でささやかれておるのです。

麦茶とポリッピー。

疑似《ぎじ》一人飲みかな、と一瞬思ったものの、空《むな》しくなったので考えるのをやめた。

ポリッピーはビールのオツマミとしても優秀だ。

カリコリとかじりながら、わずかにピリッと舌を刺す辛さと塩気を楽しむ。

仕事中のおやつは毎日買うわけじゃない。

節約をしているので、お小遣いを無暗《むやみ》に減らしては後に響いてしまいます。

けれども、我慢をするつもりもないです。

そこの匙《さじ》加減が非常に難しいのだけど、まあ、うまいことやりくりしているわけ。

麦茶をビールに見立てるのはさすがに無理があったものの、まあまあそれで麦茶もポリッピーも不味《まず》くなるわけではないので。
「うまぁ」
まだ午後の業務時間は半分残っている。
午後の残り数時間を乗り切るための休憩。
今日の仕事の状況だと、残業はしなくても帰れそう。
定時で帰れるのならそれに越したことはありません。
残業代が出ないわけでもないけど、お金のためにどうしても残業したいとは思わない。
帰れるならとっとと帰りたい。
そう思うのは別に涼音だけではないはずです。
さて、どうなることやら。
とっとと帰るためにはささっと仕事を片付けて、ひょいっと帰りたい。
博多ラーメンのハリガネのごとくさっくりと。
ポリポリと食べながらも仕事を再開。
まだまだチェックするファイルは残っている。
いつまでもチェック未済《みさい》のファイルがあると目障《めざわ》りだ。
気持ちよく帰るために、彼らにはとっととサーバー上に行ってもらいましょう。

と、気合を入れたからかどうかは定かではないけれど、仕事は定時までに無事に片付いた。

「お疲れ様でーす」

さくっと勤務表に記入して会社を出る。

そのままてこてこと駅まで歩いて、電車に乗り、満員電車に揺られる。

定時で上がった時の唯一のしんどさが、これなんですよ。

まあ、きっつい思いをしているのは涼音だけじゃないので、一生懸命耐えてやり過ごす。

麹町《こうじまち》から市ケ谷《いちがや》に向かって、それから総武線に。

これが混むのだ。

秋葉原《あきはばら》に向かうまでにどんどん乗客が乗ってきて、降りるまではギッチギチに詰め込まれてしまう。

週末のファミリーのまとめ買いの籠《かご》だってこうはならんやろ！　とどこかからのツッコミがすっ飛んできそうなくらいだ。

分かりにくい？　とにかくそのくらいに激ヤバ、と思っていただければ十分でございます。

タタン、タタンと鉄の車輪が継ぎ目を蹴る音に揺られることしばらく。

出社時とは違いまったく覚えのない顔ぶればかりの車内。

朝の列車なら見知った顔ばかりなのだが。

別に仲がいいわけじゃないし、どころか挨拶《あいさつ》すらしないけど、同じ時間の同じ電車に乗る人は大体一緒なので。

電車から降りて味わう解放感。

ふう、と漏れる息一つ。

家までの道のりをぽてぽてとぼんやり歩いていて気付いたら玄関の前だった。

大体はいつもそう。

家までの道のりなど、たいていぼんやりと歩いている。

なので家に着くまでの道のりをつぶさには覚えていない。

道が分からない、というわけじゃない。

通り慣れた道の風景など、じっくりとは観察しない、という意味です。

「ただいまぁ」

「おかえりぃ」

居間でくつろいでいたらしいあずさが、料理を始めるために台所にやってきた。

どうやら皿洗いも済ませたようで、シンクの中で洗われるのを順番待ちしていた食器が軒並みいなくなっている。

「今日のごはんはなーにかな？」

手を洗ってうがいして。

スーツを脱ぎ、ネクタイを外しながらあずさの手元をのぞき込む。

といっても、あらかじめ用意してあったものを見れば、あずさが何を作ろうとしていたのかはおおむね察していたけれど。

あずさが作っていたのは有村家限定ご当地メニュー、ＴＨＥ・かんたんごはんシリーズ。

涼音とあずさ、どちらもがこのご当地メニューを作る権利を与えられており、その時は双方ともに色々と察しましょう、という条約が結ばれているとかいないとか。

料理の技術をある程度持っているし、料理すること自体好きなあずさと涼音だけれど、それをもってして「全く苦にならない」とイコールにはならないわけでありまして。

面倒な時があってもいいじゃない。人間だもの。

と標語になりそうな感じで。

そういう時はもう、ご飯も炊かない。

「うん、チャーハンか」

そう。

現に今、あずさは冷凍ご飯を利用してのチャーハンを作り始めていました。

作るのは簡単。

冷凍ご飯を解凍して、家に大体ある卵を使って、味付けは塩コショウ、時に魔法の粉（鶏ガラスープの素）とかそんな感じ。

鶏ガラさえ入れないときも。塩コショウだけでも十分美味《おい》しいので。

後はネギやらハムやら、家にある野菜やらで処理が簡単なものを料理人の気分で適当に。

時には何も入れないことさえある。

あるけど、全然ＯＫ。

そういうのが許されるのが、かんたんごはんシリーズなのだから。

そもそも卵と塩コショウだけで炒めたチャーハンだって、全然美味しいのだから何を問題にしようとおっしゃるのか。

有村家が家計の都合上涙を呑《の》んで導入を見送っている制度、冷凍食品と出来合いのお惣《そう》菜《ざい》。

もし導入できるのなら冷食やお惣菜でしのいだって全然よろしい。

手料理でないと……という言葉は、料理をしたことがない人のたわごとでございます。

ポテサラごときをお惣菜屋さんでなんて考えられない、自分で作れ……というのは料理をしたことが無いから言えるのであって、作ったことがあれば、その面倒くささは身に沁《し》みているはず。

そのへんはお互いが料理をするからこそ心情を理解できる。

家にある食材と照らし合わせて献立《こんだて》を考えて、足りないものを買ってきて、作って、洗い物をして……。

おさんどんが七面倒になることだってあるでしょう。

特に、シンクの惨状を見かねて洗い物、という面倒ごとをやっつけたあずさなので、その後の料理と、食後の洗い物という苦行に耐え切れなくなったのは想像に難《かた》くなし。

涼音もチャーハンで全然文句など無し。

むしろ味付けは塩コショウだけのほうが好みである。

鶏ガラで味付けしたチャーハンもおいしいのでそっちでも全然あり。

さあ、何ができてくるのか。

そしてこのかんたんごはんシリーズが出てくる、ということは。

涼音は冷蔵庫の中を確認してひとつ頷《うなず》く。

涼音が帰ってくるのを待っていたのだろう。

当たり前だ。手順からして、ご飯を解凍して炒《いた》めちゃえばできあがるのだから。

そのご飯もすでに解凍されているので、本当に炒めれば終わりである。

なので、その様子を見ながら涼音はビールを一本、発泡酒を二本用意して居間に持って行った。

これは涼音なりの労《ねぎら》い。

何せ、このビールは涼音が自分へのご褒美としていつか飲むため、小遣いで買ったビールなのだから。

銀のブツもゼイタクと呼ぶなら、七福神の一柱を名に冠する金のブツは超ゼイタクである。

「出してもいいな。さすがに半分になっちゃうけど」

全部はあげられない。

涼音も楽しみにしていたのだから。

そこは同じ酒飲みとして分かってほしいと思いつつ。

台所からはジャアアア……と炒める音。

香ばしい油の香り。
音からして美味しそう。
そして、チャーハンというのはすぐできる。
ボリュームたっぷりで簡単、コスパ良し。
あずさが大きめの皿に盛られたチャーハンを持ってきた。
盛りつけも適当だ。
どんぶりで形を整えて、なんて手間らしい手間もかからないことさえ省略省略。
それでいい。
むしろ、それがいいのだ。
「お待たせ」
「おー、サンキュー」
味付は塩コショウのみ、具材は卵のみのチャーハン。
もちろん、おかずもなし。
これのどこに欠点があろうか。
いやない。
「じゃあ熱いうちに食べよ」

「そうだね、とその前にこいつを」

「いいの？」

あずさは涼音の手元にあるビールを見て言う。

「半分ね。さすがに全部はあげられないけどね」

「全部なんてがめついこと言わないわ」

「ごめんごめん」

言いつつ、二杯のグラスにおおよそ半分ずつ、ビールを注ぐ。

少し量が違うが、目分量なので致し方なし。

手に持って、はかりのように「百七十五ミリリットルだな」とか分かるわきゃない。

誤差だ誤差。

そのくらいはどうでもよかった。

だが、液体七泡三の黄金比だけはゆずれない。

片方をあずさに、もう片方は手元に。

これで準備はすべて終わった。

二人は示し合わせたようにグラスを掲げる。

「カンパイ」

「カンパイ」

グラスを打ち合わせた音が居間に反響した。

まずは一口、少しだけ。折角《せっかく》合う肴があるのだ。併《あわ》せて味わいたいじゃないか。

二人でレンゲを手に取ってチャーハンをすくい、パクリ。

どうやらあえて、卵の塊が残るように炒めたみたいだ。

その気になれば卵がご飯粒をコーティングするようなチャーハンを作ることもできるのだから、本当にフライパンに卵を入れてかき混ぜてご飯をぶち込んだだけなのだろう。

無論、文句などなし、という前言は撤回しませんとも。

今度はビール。

油とコショウの後味にビール。

これが合わずして何が合う、といった具合のおいしさだった。

「ふはぁ……うまーい」

あずさも満足げだ。

奮発して買ったかいがあるというもの。

同時に、自分の直感は間違いじゃなかったと確信が持てました。

「これは飲みやすいなぁ……！」

スーパードライやラガーのような辛口ではない。

その分飲みやすくてスルスルといけてしまう。

滑らかな口当たり。濃厚な香り。

これは銀のブツでさえ味わえないと、涼音は常々考えるわけでありまして。

これはこれでいけない。

いくらでも飲めちゃうやつです。

お金があったら箱で買ってもいいくらい。

なんなら、それくらい楽しく自由に酒が飲める生活をさせろ！　と声を大にして大空に訴えたいところではございます。

もっとも……こうしてつつましく一杯を交わす生活が、嫌いなわけではないのだけれど。

チャーハンは一人前当たりご飯茶碗一杯半から二杯くらい。

おかずがないことを考えればこれくらいあったほうが腹いっぱいになれる。

それに、お上品にではなくガツガツと行きたい気分だった。

お外ではちょっとできないこと。

家の中だからこそできる食べ方だ。

ということでガツガツと掻っ込むように。

ビールは飲み終えたので発泡酒をコップに注いで、合間にそれを飲んで口の中を洗い流しながら。

あずさは涼音と違い普通に食べている。

ビールは同じく飲み干しているので、発泡酒を大切そうに飲んでいたけれど。

「あー、美味《うま》かった」

塩とコショウだけのシンプルたまごチャーハン。

とっくり堪能《たんのう》させてもらって、後は発泡酒をのんびりと傾けるだけ。

あずさはまだ食べているけれど、さすがに半分を切っているのでそのうち食べ終わるでしょう。

やっぱり味付けは塩が正義。

アクセントにはコショウがジャスティス。

そう思わせてくれるたまごチャーハン。

正義とジャスティスは同じ意味だなぁ、などと、満腹ゆえにぼーっとした頭でそんなことを考える。

仕事は予定通り進んで気持ちよく定時退社。

いつもの発泡酒が美味しい。

残暑もだいぶ収まってきて、今日などはとても過ごしやすい。

晩ごはんも美味しかった。

あずさの手料理を食べられた。

今日も今日とて、特別なことなんて何一つない、けれども涼音にとっては幸せな一日。

後は風呂に入ってサッパリして、布団に入って寝るだけ。

一日やりきった、と気持ちよく寝付くため、洗い物はやっておこうと心に決める涼音。

いつもなら涼音もあずさも、洗い物を溜めてまとめて洗う癖《くせ》があるので、こうして食べたその日に洗う気になるのは珍しいのです。

珍しいのですが、自主的にやると言っているので、やらせておくのがいいでしょう。


翌朝、今日も今日とて仕事の始まりだ。

涼音が起き出したころには、既にあずさは出かけた後。

いつものこと。

あずさのほうが始業が早く、その分終業も早いので帰宅時間も早い。

一方涼音のほうは始業時間が遅く、その分終業時間も遅い。

果たしてどちらがいいかな？

どちらも定時の場合。

あずさは帰ってくるのが早い分朝早く起きねばならない。

一方涼音の場合、朝はゆっくり寝ていられるが、その分帰宅も遅くなる。

……一長一短。

かような結論を過去に出したような。

そう、どちらも良いしどちらも悪い。

早く帰れることを羨《うらや》ましく思うこともあれば、朝ゆっくり出られることを羨ましく思うこともあろう。

昔の人はそういうのを隣の芝生は青い、と言い表わしたとか。

実にうまい言い回しだと思う涼音なのでした。

しばらく白湯《さゆ》を飲みながらぼんやりとして過ごしつつ身体を起こしていく。

起き抜けにごはんはだいぶきつくなってしまったから。

しばらくしてそろそろ身体が目覚めてきたのが分かったので、朝ごはんを食べることにする。

これは冷凍のご飯があるのでレンジでチン。

後はたくあんと卵と醬油《しょうゆ》を出して。

湯呑にお茶をいれて完成だ。

あつあつご飯の真ん中に、ちょこんとくぼみを。そこに卵をパカッ。醬油をさらっと垂らして、乱暴に混ぜる。

味のムラは、味の変化を生む。

個人的最強飯、ＴＫＧをかっこんで。

醬油の味と黄身のコクを楽しむ。

たくあんをぱりぽり。

音と塩気、歯ごたえの三重奏。

そして緑茶。

味噌汁はないけど、これはこれで最強の朝ごはんではなかろうか。

そうに違いない。

パパッと食べ終えて食器をシンクの水につけて。

歯を磨いて着替えて持ち物を確認して。

完了である。

電気を消して、カーテンを閉めて、ガス栓とかを確認して。

「行ってきます」

返事が無いことは承知しているけど、出発の挨拶《あいさつ》を部屋に向けて投げかけて、涼音は家を出て駅に向かった。

駅ではいつもの車両のいつものドアのところに並ぶ。

前に並んでいる人も、左右のドアのところに並んでいる人も、顔を見たことがある。

知り合いでもなんでもないけど、何となくいつものメンツ感。

涼音が勝手に感じているだけで、きっと相手はそんなことを思ってはいないだろうけど。

電車に乗って、揺られて押されて。

市ヶ谷駅で乗り換えて麴町へ。

地下から地上に出てしばし歩き、会社へ。

「おはようございまーす」

今日もまた仕事が始まる。

始業までもう少しなのでコーヒーを準備。

ＰＣの電源を入れてログインしてメールアプリとチャットアプリを立ち上げたところで始業の時間になった。

この会社は良くも悪くも緩いので、始業のチャイムは鳴るものの厳密に守らなくてもいい空気が漂っている。

要はスケジュールを守ってタスクが完了できるのなら、ある程度のことはお咎《とが》めなし、という社風なのだ。

昨日客先へ提出するファイルの調整はやっつけたので、今日は別のタスクを片付ける。

主にまだ残っている作業のヘルプになるだろう。

「手が空いてるんだけどどこ手伝う？」

「あ、そうなの？　じゃあこのへんのプログラム頼むわ」

「分かった」

同僚に確認すると、そのような答えが返ってきた。

すでに設計書のフェイズはほぼほぼ終わっており、現在は続々とプログラムファイルが出来上がっているところだ。

涼音もプログラミングだ。

誰が手を付けているかは進捗管理で見える化されているので、未着手の部分は一目でわかる。

チャカチャカと片付けて、今日もまた定時で帰りたい。

そのためには、ぼんやりしている暇はありません。

さくさくとプログラムを組み上げていく。

涼音は特別な技術を持つエンジニアではないけど、さすがにこの業界に十年近くいれば
それなりの腕はある。

真面目《まじめ》でも勤勉でもないので会社への貢献度は高くないかもしれないけれど、遊んでいたわけでもないので。

まあまあ、払ってもらっている給料分くらいは十分貢献できているはず。

きっと。

それから昼休みまでプログラムに励んで、途中難解な部分で詰まりながらもどうにか形にするところまで持っていけた。

昼休みのチャイムが鳴って、午前中の業務は終了だ。

「さって、外行くか」

続々と外に出ていく社員に涼音もついていく。

コンビニでおにぎりか菓子パンでも買って食べて、昼寝といきたいところです。
エレベーターホールが混むのもいつものこと。
なので非常階段から出ていく。
涼音と同じように考える社員も当然いるので、階段もぼちぼち混んでいる。
けれども非常階段のほうが流れているので明らかに速い。
かんかんと金属の階段を降りていき、外に。
今日はどのコンビニに行こうか。
近場のファミマ。少し遠い距離にあるローソン、一番遠いセブンイレブン。
遠いとは言ってもたいして距離があるわけじゃあない。
その日の気分によってコンビニを変えている。
といっても、買うのはおにぎり二個か菓子パン二個。
或《あ》るいはコンビネーション。なので、ぶっちゃけどのコンビニに行っても大差はない。
気分よく仕事が進んでいるときは近いファミマ。
イマイチうまく進んでいないときは一番遠いセブンイレブンに行くことが多い。
今日足が向いたのはローソン。
特別進んでいるわけでもないけれど、進捗が悪いわけでもない。

先ほど詰まったけれども解決の糸口は見つかったし、形を整えることはできたから。

これで午前中で解決しなかったら、きっとセブンイレブンに向かっていたに違いありません。

ローソンでおにぎりとパン（値段低め）を買って帰社する。

昨日はおかかとベーコンチーズパンだったので、今日は昆布とカレーパンにした。

自席でさっさとその二つをやっつけて。

さぁて、午後の業務まで、ひと時のシエスタをば……。


午後の仕事もそれなりに順調に終わり、今日も定時で上がれた。

じゅうぶんだ。

もう繁忙期は終わったので、職場内では基本的に定時上がりが推奨されている。

忙しくなったなら、できる限り残業するな、とのお上《かみ》からのお達しだ。

システム開発の大詰めでは残業も致し方なしだけれども、そうでない限りは、というところです。

最近はあまりに残業をすると、ＩＴ開発の会社だけじゃなくて、それを依頼したクライアントも目を付けられてしまうのだという。

働き方の改善が社会全体で騒がれているから。

まあ、涼音としてはそのおかげでサッと帰れるのでありがたい。

もはや何の変わり映えもしない帰り道。

電車に乗って自分の居場所を確保して揺られることしばらく。

あずさから連絡が入った。

何だろう？　とＬＩＮＥを開いてみる。

『帰りに買い物いかない？』

とのこと。

全然構わないんだけど、疑問はある。

何か買うものあったかな？

家の在庫、そんな切羽詰《せっぱつ》まってはいないはずだけど。

シャンプーは、ある。コンディショナーもある。ボディソープもある。

食器用洗剤？　それもないな、ストックあったはずじゃん。

なんだろう？

と頭の中で家を一周し。

結局謎《なぞ》だったので、謎のまま。

仕方なし、涼音には解決できない。もう当人に聞いたらいいだろう。

断る理由は無いので「いいよ」と返しておいた。

駅で降りる。

あずさはロータリーで待っているようだ。

すぐに見つけることができた。

「おかえり」

「ただいま」

あずさのところまで一直線。

「なんか買わなきゃいけないものあったっけ？」

何を買いたいのか思い当たらないのだ。

歩きながら尋ねてみる。

「うーん、特別今買わなきゃいけないものはないんだけどね」

返ってきたのはかようなお言葉。

はて、では何だろうか。

と一瞬考えて。
あずさの性格。
ここ最近の自分たちの行動。
そしてあずさの「特別今買わなきゃいけないものはない」という言葉。
それらを考慮しつつプロファイリングをしてみましょう。

………………

…………

……

――なるほど。
答えは数秒で出た。
目的のものがあるわけじゃなく。
買い物そのものが目的なわけだ。

それはたぶん、仕事で何かあったのだろう。

引きずるほどじゃないけれど、とっとと忘れてしまおうということと思われます。

「分かった、行こうか」

「ええ」

そーいうことなら否《いな》やなどないですとも、はい。

あずさについていく涼音。

彼女がどこに行くのか、興味はありつつ、予想もつきつつ。

「こっちのスーパーは久しぶりかも」

妻の足が向かう先。

もうこの時点でどこを目指しているのかがはっきりした。

たどり着いたのは、駅に近いところにある、二十四時まで開いているスーパー。

近所にも夜遅くまで開いているスーパーはあるけれど、こちらのほうがより遅くまで開いていた。

深夜に帰ってくる住民も視野に入れて営業しているのだろう。

利用する側としてもとても嬉しいことだなぁ、と。

現在は十九時過ぎなので全然他のスーパーも開いているが、たいていは二十一時には閉まってしまいます。

仮に二十二時過ぎに新小岩駅に着いて、何か買って帰らないといけない、となった時が大変。

だから、こういうお店があるととても助かる。

家からだとより近いスーパーがあるので基本そちらに行くことが多いけど、こっちだって使わないわけじゃないです。

それ以外にも、ずっと地元に根差してるスーパーだからか、そこまで広くはないし品ぞろえもぼちぼちなのだけど、大体いつもお客さんのにぎわいに満ちていて買い物が楽しい。

さて、今日のスーパーはどうなっているのか。

かなり混んでいた。

主婦は減っていて、仕事帰りの人が多い感じである。

「さぁて、今日の肴のネタを探すよ！」

普段来る頻度が低いスーパーで籠《かご》を一つ手に取り、あずさは生鮮食品から物色を始めた。

そしてさっそく。

ピンときた顔であずさは長芋を手に取った。

なるほど、そう来たか。

涼音は涼音で、何か思いつくものはないかなぁ、とうろうろ。

ふと見ると、厚揚げのおつとめ品が目に。

これはあり、と手に取る。

あずさと同様直感です。

彼女がそういう選び方をするなら、涼音もそれでいいでしょう、と。

長ネギはあったはず。

「ねえ、海苔《のり》はあったわよね？」

「あったはずだよ」

長芋に海苔。

なんとなく、あずさが何を作ろうとしているのかは見えつつある。

涼音が手にしている厚揚げを見て、もう答えは出ていると言わんばかりのあずさも同様に。

まあ別に珍しいことじゃない。

料理が出来なくたって、察しがいい人ならなんとなく気付くだろうから。

他に買うものはあっただろうか。
「やっぱ酒かな」
何が家にあっただろうか。
さすがに酒好きの家だけあって、いろいろなお酒が置いてあります。
焼酎。
梅酒。
日本酒。
発泡酒の缶。
ワイン。
ウィスキー。
ジン。
ウオッカ。
カクテルの原液などなど。
「……今日は、ハイボールはどうだい？」
真剣な劇画調の顔で涼音が問えば。
「……悪く、ないわね」

あずさもまた真剣な劇画調の顔で答えた。

さっき言った通り、お酒は家にいくつもあるんだけど。

だけ、ど。

二人とも節約家……というのはちょっと違う。

ただ単にもったいない病が発動してなかなか手を付けられないだけ。

家にあるお酒を割って飲むほうが発泡酒などを都度買うより安上がり、という正論パンチはご勘弁を。

出来たら、よろしければ、可能ならば、寛大なお心でご容赦願いたいところ。平《ひら》に伏したい。

だって、これをちょくちょく飲んで空いてしまったら。

大枚《たいまい》はたいて、また買わなきゃいけなくなっちゃうじゃないか。

分かっていますとも。

正論なのだから。

そっちのほうがいい、ってことは。

ともかく、家にウィスキーはある。

だから、味無しのソーダだけ買えばいい。

コーラを買ってコークハイでもいいのだけど、ソーダのほうがちょっとだけ安かった。

それに、味を変えたきゃ常備してあるレモン果汁でも入れてレモンハイボールにでもすりゃいいんです。

スーパーの中をうろうろと歩き色々と物色しながら、会計したのは結局長芋と厚揚げ、そしてソーダだけ。

まあ、週末の買い込み以外の突発的な買い物だとこんなもんです。

袋も無し。

涼音のカバンに入れちゃえばいいので。

さあ、帰ろう。

「じゃあ、作っちゃおう」

帰宅後、ささっとやることをやっつけて。

涼音とあずさは台所に立っていた。

「これと、これ。あとこれと……」

あずさは小麦粉、海苔を取り出して。

涼音は青ネギとごま油を用意して。

二人の肴に共通して必要なのは、まな板、包丁。

浅いのと深いの、二種類のフライパンをあずさが用意している間に、涼音は長芋と青ネギを切る。

長芋は短冊《たんざく》切りに、青ネギは細かく。

海苔はちょうどいい長さと幅に。

ここはそれぞれ、作る人間の感覚に左右されるところ。

そうしている間に、フライパンが火にかけられて適度に温まった。

涼音はフライパンにごま油をひいて、厚揚げを入れて中火で焼き始めた。

よだれが湧き出そうな香ばしい匂い。

食欲がそそられる。

本当に、ごま油の香りというのはまるで魔性だ。

最高級品というわけじゃないのだけど、これだけいい香りなら満足できる。

「さて、こっちはこれでいいな」

厚揚げが焼けるのには少し時間がかかることだし。

その間にあずさがやっている、長芋をタネに海苔を巻くという作業を手伝うとしましょうか。

二人でやればあっという間。

キッチンに複数人立つと効率が悪くなったりするものだけど、こと涼音とあずさはこうして何度も一緒に料理を作っているので、互いに互いを邪魔しないように立ち回るのは苦じゃない。

そして自分が料理をするからこそ、相手の作業の進み具合から先を読むことも難しいことじゃない。

普段の家事では発揮されない機敏さと察しの良さを二人とも存分に発揮して、次から次へとやっつけて先にぐいぐいと進んでいく。

さて、ここいらで涼音は手伝いをやめ、厚揚げの様子見。

というよりそろそろひっくり返しておくべきだ。

フライ返しを厚揚げの下に突っ込んで裏返すと、いい具合の焦《こ》げ目。

キツネ色の表面がまずは薄く、次第に黒く変じてゆく。

まるで芸術品のようにうまそう。

大げさです。

横ではあずさが深めのフライパンで長芋を揚げ始めた。

ジャアーといい音。

すでに音がうまそう。

さて、厚揚げはもう少し焼かないとだし、あずさは揚げ物中で火の前から離れられないので、今のうちにハイボールの用意をしちゃいましょう。

ウィスキー、ソーダ。

それから氷をアイスペールにがらがらと入れて。

最後にグラスを用意してお盆に載せて、先に居間に持って行っちゃう。

そうこうしているうちに、厚揚げも焼きあがった。

厚揚げを切っていく。大きさは目分量、適当だ。

皿によそってたっぷりと鰹節《かつおぶし》をのせる。

さわさわと踊る鰹節を満足げに眺めてから、味ぽんをかける。たっぷり。

青ネギをばらまいて、しょうがを皿の端に盛る。

あずさのほうも揚がったのか、皿によそっている。

それぞれお盆に載せて。

醤油、塩、めんつゆが添えられた。

添えた、というよりはすべて容器のままだが。

さぁて、今回のちょっと面倒な調理手順も、すべてはこの時のために。

「あ～喉かわいた」

ハイボールを作りながらあずさが言う。

グラスに氷をたっぷり。本当は氷でグラスを冷やすけど、いつもそこまでするわけじゃない。ウィスキーを多めに注《つ》いでソーダと混ぜれば完成だ。

厚揚げのポン酢かけ。

長芋の海苔巻き揚げ。

ほかほかと湯気をあげている。

「俺も。早く飲もう」

「うん」

涼音もあずさもハイボールはウィスキー濃い目。

出すまでは渋っていたものの、いざ出すとなればケチったりはしない。

どうせ飲むなら美味しく。

場末のチェーン居酒屋の、ケチったうっすいハイボールみたいなことはしたくないのです。

あんなの、ウィスキー香るソーダでしかない。

ならば、がっつりウィスキーで割ったほうがいい。

現に、あずさが作ったハイボールは、涼音の分も、あずさの分もかなり濃い目に割ってあった。
それが二人にとっての好みだからね。
じゃないと飲兵衛《のんべえ》なんて名乗れない。
かどうかは、定かじゃないけどまあいいでしょう。
二人がそう言われてきた経験が多いのは事実なのだし。
「はい」
「ありがと」
家でハイボールを飲むのは久しぶりだなぁ。
なんて思いながらグラスを掲げる。
「はいはい」
涼音に合わせてあずさもグラスを掲げた。
軽く打ち合わせると、チン、と澄んだ音が鳴った。
この音さえも酒を飲むには必要なものである。
音なので直接口に入ってくるものじゃない。
けれども、これから酒を飲むぞ〜、楽しむぞ〜、という意思表示。
そして、至福の時間が始まるぞ、というスターターピストルの代わり。

スターターピストルはいわゆる運動会の徒競走のアレでございます。

閑話休題。

ともあれ。

久しぶりのハイボールです。

ここ最近は飲み会もないし、家でも飲まないしで、なんだかんだで一か月くらいは飲んでないんじゃなかろうか。

ぐびりと一口。

これよこれ。

この濃い味。

飲みごたえがありながら爽快。

角ウィスキーの風味が楽しめる。

よく言えば節約、悪く言えばケチな居酒屋のうっすーいハイボールとははっきり言って飲みごたえが全然違う。

やっぱりこれでなくちゃ。

そうでなきゃハイボールを飲む意味がないというものです。

さぁて、このハイボールのおともとして作った厚揚げはどうか。

ごま油の香りとポン酢さえあれば満足感は十分だろうという読み。
一つをはしで半分に割《さ》いてパクリ。
「はふ」
あっつい！
香ばしい！
そして、アクセントの酸味！
口から真冬のように湯気が立つ。
よく中まで火が通っていて、熱い、うまい。熱い。うまい。
「ぐびっ」
氷がたっぷり入ったハイボールで流し込む。
熱さと冷たさのコントラストが最高。
実に美味しい。
たまらない。
「厚揚げいいわー！」
あずさも舌鼓《したつづみ》を打っている。
やっぱりたまには食べたい。

「今後はあれね、おつとめ品とか特売日狙ってもいいわね」

正直コスパという意味では若干物足りない。

けれどもこの満足感。

豆腐はハンバーグなどでお肉の代わりにもなるので、ボリュームという意味ではそれなりのものです。

厚揚げはつまみとしては結構ガッツリしてるのもむべなるかな。

じゃあ次。

長芋の海苔巻き揚げ。

塩、醬油、めんつゆが容器のまま置かれている。

本当は小皿にそれぞれ分けておいたほうが見た目的にはいい。

んだけど、家飲みだったらこれでいい。

やりたい味付けを自分の好きな濃さでできる。

そしてこれも大きな理由。

洗い物が、少ないこと。

たかがその程度？

いやいやいや、それは普段皿を洗わない人が言うこと。

洗う側からしたら、洗い物をどうやって少なくできるかは結構大事。

このへん価値観が違うと結構苦労してしまうだろう。

特に、自分が洗う側だった場合は。

地味で大したことないかもしれない。

けれどもこういうのは積み重ねだから。

日々の小さな小さな豆粒みたいな不満も、それが毎日毎日、年単位で続いたら膨《ふく》れ上がって、いつか一気に爆発。

そういう意味では、涼音にとってもあずさにとっても、こういうのを許容してくれる相手で良かったな、と思うのでした。

そんな話は置いといて。

まずは塩で食べてみる。

サクッと小気味いい食感。

海苔の香ばしさ。

「やっぱ塩だよなぁ」

シンプルだからこそ良き。

複雑な味付けが悪いわけじゃないけれど、塩のすごさはただ振りかけるだけ、ということ。

あれこれそれを計量して混ぜて……という手間をかけずにこれだけの味を出してくれるのだから、塩というのは偉大だ。

この長芋。

軽い歯ごたえなのに、ねっとりと味わい深く。

本当にハイボールに合う。

厚揚げももちろんだけど、この長芋の海苔巻き揚げも、肴としては極上。

「ぷはぁ、うまい！」

あずさの歓喜に満ちた声が何よりも物語っている。

続いて醤油、めんつゆと試してみて、涼音はめんつゆが気に入った。

この甘じょっぱさがたまらない。

あずさは醤油が好みの模様。

二人で長芋をサクサク。

厚揚げもはふはふ。

もぐもぐと食べながらぐびぐびと飲んで。

気付いたら肴はなくなり、ハイボールはお代わりして二杯目。

いつもよりも少し飲んでしまっていた。
この程度では酔わないので量は問題じゃない。
しかし、ちょっと量を飲み過ぎたことが悔やまれる。
ウィスキーがまた減ってしまったから。
でも、これでいい、と納得させよう。
飲むと決めた瞬間から、こうなる未来は確定していた。
それに、この満足感を考えれば、ウィスキーをケチらなくてよかったなぁ、と思う。
涼音とあずさは満足げに一息ついた。
お腹もそれなりにこなれた。
たった二杯のハイボールと二皿の肴だけだったけど、二人とも十分に満足ができた。
「後はシメだねぇ」
と涼音は口ずさむように言ってキッチンへ。
もちろんこれだけでは主食にはならない。
お腹はそれなりに膨《ふく》れるけれど、満足、とまではいかない。
なので涼音はシメのラーメン的なあれで、うどんを茹《ゆ》でることにしたわけだ。
スーパーで三食百円くらいで買えるのでお得なのです。

お湯を沸かして、うどんを茹でて、お水でシメて、お皿に盛って、お椀を二つ。

お椀《わ》に氷を入れて。

めんつゆはあっちにあるから良し。

しょうがと凍らせてある青ネギくらいは持っていこうか。

準備ができたので居間のテーブルに置く。

「冷や麦……ううん、うどんよね」

冷や麦とは違うのです。具体的には麺の太さが。

これよりもう少し細ければ冷や麦になる。

量的には一人前。

つゆのお椀が二つあるので、一人前を二人でつっつく、ということだろう。

何も食べてなければ間違いなく足りないけれど、先ほどまで晩酌をしていたのでお腹にはそれなりに入っている。

このくらいでむしろちょうどいいなぁ、とあずさが思っているのを、涼音は見抜いた。

涼音はそこまで察しがいいわけじゃないけれど、分かるのです。

つるつる。

しこしこ。

美味しい。

箸で一つまみ。

しょうがと青ネギを入れためんつゆにさっさとくぐらせて音を立ててすする。

つゆが多少はねようと、着潰すために買った安物の部屋着なら気にする必要もない。

こういうのはやっぱり、音を立ててこそでしょう。

二人で一皿のうどんをつっつき、のんびりと食べる。

いい茹で加減のうどんは白く輝き、蛍光灯の光を反射していた。

見るからに美味しそうで、食べても美味しい。

何でもないごはんが今日も美味しい。

それは、小さいけど確かな幸せなのでした。

第五話
お会計は千二百四十円

十月上旬のとある土曜日。

よく晴れた朝。

雲一つない、いい天気。

先日までの残暑は、今年はもう十分がんばった、と言って休暇でもとったのだろうか。

まるでどこかに心の洗濯にでも行って来たらどうなんだい？　と問いかけてくるかのような好天。

実に気持ちのいいもんです。

午前八時。

涼音はアパートの階段を下りて伸びをした。

気持ちいい天気だ。

とてもよくて、今日も過ごしやすそう。

道路を挟んでお向かいの山下《やました》さんち。

その家に住む涼音と同年代の夫婦が、車に荷物を積んでいた。

「おはようございます。お出かけですか？」

涼音とあずさはここに住んで数年が経過しております。

年代も近く、何度か話もしていて、お互いぼちぼち人となりは知っている感じ、と申せばよいだろうか。

このへんには昔から住んでいる人たちが多く、よく井戸端会議が行なわれている。

二十三区内だけれど、下町って温かいなぁ、というのが涼音の感想だ。

単純に涼音とあずさが愛想《あいそ》よくしてきたので、向こうが応えてくれているだけなのかもしれませんが、身もふたもないことを言うのはやめておきましょう、はい。

「おはようございます。ええ。天気もいいので、ちょっと足を延ばしてみようかと」

旦那さんが笑顔で応じてくれました。

「いいですねぇ、こんないい天気ですからね」

「ええ。このところ雨だったりまだ暑かったりしましたから」

そう、ちょうどいいのだ、今日の気候は。

子どもが元気にきゃーきゃーと声をあげながら走り回るのに実にいい。

暑いと熱中症が気になるし、雨だとそもそも外で遊べない。

今日が攻め時。

今を逃せばいつになるだろうか。

夏と秋の移り変わり。

むしろここ数年は秋なんてありましたっけ？ と世の有識者が思わず首をかしげるくらい、暑さが引いたと思ったら冬の寒さがやってくるような印象です。

ちょっと大げさだと申しましょうか、話を盛った可能性を問い詰められると返しに窮《きゅう》してしまいますが、世には涼音と同じ感想を持っている諸氏もいらっしゃるのではないだろうか。

そう思わずにはいられない昨今いかがお過ごしでしょうか、という質問に対する答えが、山下さんの「ちょっと足を延ばしてみようかと」である。

「どのあたりまで？」

「那須《なす》高原のコテージで子どもにのびのびさせようかと」

「ああ、最高ですねそれは」

コテージの想像をしてみる。

自然に囲まれた場所。

都内のようにコンクリートジャングルではなく、本物の森がそこかしこにあるのだろう。

そこのコテージを借りて、バーベキューをして肉をかっ食らいビールをがぶ飲み。

夜はそのままコテージでバタンキュー。

朝はゆっくりと起き出してチェックアウトして帰ってくる。

うん、実にいい休日だ。

でも足がない。

行くことができないわけじゃない。

でも、自家用車を持つ人のようにフットワーク軽くは動けない。

レンタカーやカーシェアはあるけれど、それで簡単に解決できるのなら苦労はしないのです。

このへんは土地が狭いので、山下さんの一軒家もそんなに大きくはない。

けれども三階建てで、一階にはこぢんまりとしてはいるけれどガレージもある。

軽自動車かコンパクトカーを停めるので精いっぱいの大きさだけども、自家用車があるとないとじゃ全然違うわけでありまして。

下町とはいえ二十三区内。ここに三階建てガレージ付き一軒家という城を構えるとなれば、どれだけがんばったのかが分かろうというものです。

「有村さんはどこか行かれるんですか？」

「いやー、特に予定は無いんですけどね。ちょっと出かけてもいいかなって気分になってきましたよ」

「こんなに気持ちいいですからね」

「そうですよ、是非行ったほうがいいですよ」

山下さんの奥さんが家の中から出てきて、話に加わった。

朴訥《ぼくとつ》とした旦那さんと、小柄でちょっと童顔のかわいらしい奥さん。そして三歳になる娘さん。

幸せ絶頂といったところか。

とても幸せそうで良きかな良きかな。

一軒家でお子さんがいらっしゃる。

その幸せと、同時にのしかかる現実も今の涼音なら分かる。

気にしない。差があることは。

よそはよそ、うちはうち。

比べても仕方ないのだから、サクッと切り替える。

「そうですね。うちも奥さんと一緒に軽くお出かけでもしますかね」

「絶好の行楽日和《びより》ですからね」

奥さんの勢いに押されて思わず口にしたものの、涼音としてもちょっとはいいかもね、と思っていたからこそであります。

「じゃあ、楽しんできてくださいね」

「ありがとうございます。有村さんも、よい週末を」

「ええ」

奥さんが再び家の中に戻って準備に入ったので、邪魔しちゃ悪いと涼音も旦那さんに挨《あい》拶《さつ》をしてアパートに戻った。

家の中では少し前に起きたらしいあずさがお茶を飲んでいます。

「おはよう」

「おはよ～ぅ」

間延びした挨拶は、微妙にまだ覚醒しきってないからでしょう。

「今日はいい天気だよ」

「んー？　ああ、そうねぇ」

がらりと窓を開けて空を見上げたあずさは、うむんとひとつ頷《うなず》く。

思わず心によどんだ曇り空がスカッと吹き飛ぶような秋晴れ。

ここ数年来では、珍しいくらいの秋らしい日和であります。
「朝ごはんＴＫＧでいい？」
「いいよー」
気の抜けた返事を受けて、涼音はキッチンでご飯を用意する。
平日は朝ごはんを食べないあずさも、休みは食べるのだ。
といっても超がつく手抜きだ。
ご飯は炊かずに冷凍してあるやつ。
付け合わせのお新香を小皿に移して。
お味噌汁は少し前に買ったインスタント味噌汁。
これは特売でめちゃくちゃ割安だったので買ったもの。
共働きの忙しい夫婦である涼音とあずさはとても助けられている。
そして常備してある卵。
これはもう醬油《しょうゆ》とめんつゆさえあればＴＫＧこと卵かけご飯が完成する。
適当に作って食べちゃえばいいのです。
ちなみに、ＴＫＧは涼音が醬油《しょうゆ》派、あずさがめんつゆ派。
ほかほかご飯に卵を落とし、醬油をたらして雑に混ぜる。

こう、白身が残っている状態のかき混ぜが甘いほうが好きなのだ。

じっくりかき混ぜるのが面倒なわけではなく、好みの問題です。

あずさもまたささっとかき混ぜてめんつゆをぽたぽた垂らしながら味付けし、茶碗に投入。

二人で卵かけご飯をかっこむ。

さらさらと流れるように入っちゃう。

涼音は鰹節をハラハラとふりかける。味変《あじへん》である。

あずさはごま油と鶏ガラで味変するみたい。

ご飯に溶いた卵をかけただけだというのに、なんというごちそうに変化するのか。

ぱりぽりとお新香をかじり。

最後にお味噌汁で一息。

これぞ簡易版日本の朝ごはん。

手なんて込んでないどころか手抜きと雑もいいところだが、このくらいでいい。

だって、十分に満足できるんだから。

「ごちそうさま」

「おそまつさま」

満足満足。

ご飯一杯とお味噌汁だけ。

けれど、朝はこのくらいでちょうどよかった。

熱い緑茶を淹れて、それぞれの湯呑にとぽとぽと。

二人ですすって食後の一服。

これこそが日常で感じられる大きな幸せ。

「山下さんと何話してたの？」

起床後、外の空気を浴びるために表に出たときの井戸端会議の声が聞こえていたのでしょう。

「山下さん、那須高原に一泊お出かけだってさ」

「ああ。この天気だしいいね」

「だよね」

山下さんの選択は間違っていない。

出かけたくなる天気だから。

そこは涼音のちょっとした曇り模様を感じたが、あえて何も触れることもなく。

おもむろにあずさがテレビをつける。

そしてチャンネルをぐるぐると回して、ちょうど天気予報をやっている局で止めた。

天気予報のお姉さんがおっしゃるには、どうやら明日も今日と同じようないい天気らしい。

「明日も過ごしやすいみたいね」

嬉しい予報だった。

ならば。

「僕たちも出かけようか？　那須高原までは行けないけどね」

「いいね」

せっかくだ。

自分たちも出かけてもいいじゃないか。

涼音が提案すると、あずさは行き先も聞かずに乗ってくれたのでした。

こういうところがいいなあ、と思う涼音。

「あずさのそういうところ好きだよ」

「ふふふ、ありがと」

照れさせるつもりで言ってみて、するりと受け流されて失敗。

別に言ったところで照れることはないけれども、こうしたスマートなところも好ましいと思う涼音なのでした。

さぁて、いざ行くとなれば行動計画だ。

遠くには行けない。

必然的に近場になる。

前から考えていたお出かけではないので、通常ならさてどこにしようか……と色々と場所を考えるところだけども。

今回、誘った涼音には腹案があった。

「小石川後楽園《こいしかわこうらくえん》？」

「うん」

涼音とあずさが住んでいる新小岩駅から一本で行ける散歩スポット。

それなりに広く、ゆっくりと歩いたら結構な時間になるだろう。

ついでに、そこではベンチでお弁当を広げることも許されているので、作って持って行って、散歩してお弁当食べてのんびりするのもいいんじゃないか、というのが涼音からのプレゼンなのでした。

「悪くないね」

いいじゃないか。

ものすごく楽しい、というわけじゃない。

でも、特別だ。

お弁当を作って出先で食べる。

こんな機会、自分からやろうと思わなければそうそうないでしょう。

しかも近場。

移動にお金もかからない。

レンタカーで一泊遠出、と奢《おご》ることもできなくもないけれど、やるには勇気がいるのです。

「手軽だし安いし、それでいきましょー」

「オッケー、じゃあお弁当の……」

買い出し行って、今日作れるものは今日作って、明日ちょっと仕上げするだけにして。

ただそれだけのことなんだけど。

「行くのは、明日ってことね？」

「そうなるね」

出端《ではな》をくじかれた感。

けれども、まあ。

「お祭りは準備してる時が一番楽しい、ってね」

「お祭りってほど一大イベントじゃないけど」

「違いない」

じゃあまずは何をお弁当に詰めるかの選定だ。

主食はおにぎりでいいでしょうね。

梅干もあるし、ふりかけもあるし。

具に凝《こ》ることもできるけれど、おかずのほうでがんばるので、おにぎりは簡単にしておきたかった。

じゃあそのおかずだけれども。

「まずはデザートかな」

「そこから？」

涼音のピックアップに呆《あき》れるものの、二人で作る料理を決めていく。

風が気持ちいい午前中。

ただボーッと過ごすよりはよほどいい時間。

そうしていくつかピックアップして、無事に選別は完了。

二人とも料理ができるのがこういうところでも発揮される。

料理の目的とコンセプトがあれば、割と簡単にメニューは決まる。

もちろん、頭の中だけでアイデアをひねり出すのは限界もあったので、ネットの情報なども参考にしながらだったけど。

作るものが決まったら、家にあるものと無いものを見比べて、足りないものの買い出しです。

もちろんだけども、これは週末の買い出しのついでになります。

買うもの決めて、家の中のやることをちょっとだけ片付けて。

午前十一時。

買うものをメモに書いて、財布を持っていざスーパーへ。

きれいな秋空を雲がたゆたい流れていく。

わずかな風と、降り注ぐ陽射《ひざ》し。

照りつけるような夏の陽射しに比べたら、ずいぶんと柔らかい。

「本当に過ごしやすいなぁ」

二人とも、今日は薄手だけれども長袖を着ている。

先週くらいまでは夏場から長引いた残暑によって半袖だったので、長袖を引っ張り出してきた、という点だけを見ても秋を感じられます。

「そうね。スーパーに行くだけだけど気持ちいい」

のんびりと歩きながら進んでいく。

いつものスーパーへ行くので、通るのもいつもの道。

なのだけど、あまりにも長く感じた夏が通り過ぎたことが実感できるからか、いつもと違う道に見えてきた。

てってこてってこと歩いて、道中何もなくスーパーにたどり着いた。

買い物が始まるけれど、明日の分として買うものも決まっているので、来週分の食料や日用品を買い込んでいく中に混ぜ込む形だ。

「じゃあ、買うわよー」

「よーし。まずはこれとこれ」

カートを引っ張り出して押しながら、スーパーを進む。

涼音はカートを押しながらゆっくりと進みつつ必要なものを随時手にとり、あずさは遊撃として移動しながら気になったものをとってくる形。

「これと、これ」

涼音が手に取ったのはブロッコリーとレンコン。

これは明日のお弁当に入れるやつだ。

しばらく進んでいくと、両手に買うものを持ってあずさが戻ってきた。

「これと、これね」

彼女が手にしていたのは食パンである。

そんなに賞味期限は長くないので、毎週買うことになるのです。

後は卵。

これはお弁当にも使うので、二パック持ってきたようだ。

正解。

これだって一週間でじゅうぶんに使い切る自信はある。

むしろ卵などという万能選手、ちょっとくらい過剰在庫でも使い切るのに困らないというものです。

そしてふと、涼音が予定にないものを籠《かご》に入れていることにあずさは気付いた。

その理由は、あずさにも十分に察せられるものだった。

「ああ、あの揚げ物の音ね？」

「そう。お昼のおかずはカツかな？」

「天ぷらでうどんとかそばの可能性もあるわよ？」

「そっちの線もあるか」

スーパーへの道中、揚げ物の音が聞こえた。

その音を聞いて、なんとなく天ぷらが食べたくなった。

カツでも良かったんだけど、今回はなんとなく天ぷらなのでした。

せっかくなら弁当に入れちゃおうか。

安くするには？

芋とかいいけど、野菜ばっかりだしバリエーションも欲しいね。

ただ肉は高いんだよね。

じゃあ、どうしようかな……。

と頭をひねった結果、アドリブで涼音が選んだのはちくわでした。

値段はピンキリで、安いものを選べばこの値段で買えんの？　採算取れてる？　と余計なお世話ながらメーカーさんを心配してしまうような金額だったりする。

「ちくわの天ぷら？」

「うん、揚げ物ひとつくらいお弁当に入っててもいいかなって」

「いいわね」

　これでいいのだ。

　もう一品追加。

　欲しくなってしまったのだけど、お弁当のおかずを思い返すと、全然ありだなとあずさも思うわけで。

　結構さっぱりヘルシーのお弁当だったのだけど、もう少しボリュームも欲しいなと、心のどこかで思っていたのでしょう。

「じゃあ、追加でいいね？」

「うん、いいと思う」

　あずさの許可も得られたので、無事ちくわの天ぷらもラインナップに名を連ねることになりました。

「これで……お弁当の分は揃ってるかな」

「うん。ばっちりだよ」

　メモは涼音もあずさも同じものを持っている。

　二人でチェックして買い忘れ防止のダブルチェックをやっております。

「あとはいつものを買って」

「それ以外に良さげなものを買って」

「そしたら帰ろうか」

「うん」

ルーティン作業だ。

買うものは大体決まっていて、加えてその日の安いものがあれば買ったり、ちょっとこれ欲しいな、というものを財布とご相談です。

今日のよさげなやつ、を探して選び、買うか買わないかを悩む楽しさがあります。

「これいいね――」

「こっちはどうかな――」

そういった会話をしながらスーパーの中をぐるぐると物色し、通りすがりに必要なものがあれば適宜ピックアップ。

そうしてめぼしいものを見終わったところで、籠に入れていない定番品があれば個別で取りに行く。

毎週末の買い出しルーティンは、大体いつもこんな感じになります。

会計を終えて、レジ袋に綺麗に入れまして。

エコバッグは使わない。

一時期は使っていたこともあるけれども、二つの要素によりエコバッグという制度は有村家から撤廃されました。

ズボラさが最大限に発揮された結果、エコバッグはたいして持たずに汚くなってしまったのがひとつ。

レジ袋はゴミを入れる袋として活用していたので、それができなくなって不便になってしまったのがひとつ。

ゴミ袋は四十五リットルのものもあるけれどもそうではなく。

部屋ごとのゴミ箱にかぶせるのをはじめとして、無料でもらっていたころは部屋のそこかしこで便利に使い倒していたので、いざそれがないとなると地味に困ってしまった。

そういったところから、エコバッグは使わずにレジ袋を買うことにしたのでした。

ちょっと贅沢《ぜいたく》、と思ったこともあったし実際にそうなのは間違っていないけれど、利便性を買っていると思えば妥協できる範囲で。

エコバッグをかつて台無しにしたことを考えれば一概に無駄とも言い切れず。

それらもろもろの観点から、レジ袋を買っているのでした。

結局そういった選択をする人は涼音とあずさの周りにもいる。

エコバッグを持ち歩くのがめんどい。

レジ袋無いと困る。

たかが三円程度ケチる意味ある？

など人それぞれ色々な理由はありますが、共通しているのは意外とレジ袋派も多い、ということだった。

総合するとやっぱりエコバッグ派の人のほうが多いのだけど、レジ袋派もしぶとく生き残るだろうな、という話。

そんなことを考えている間にレジ袋に買ったものを詰め終わったので。

二人で家に帰る……前に、ちょっと今日の昼食はおさぼり申し上げて楽をしようか、という話に。

「たまにはいいでしょ」

「そうね。たまにはね」

基本安上がり万歳な涼音とあずさだけど、別に贅沢は敵、一切の妥協許すまじ、なんて厳格なわけでもなく。

良くも悪くもゆるく適当、ちょっとだらしない二人である。

ちょくちょく外食するわけじゃない。

どころか間違いなく、ここ一か月くらいは一度も外食やテイクアウトをしていない。

今日涼音が言い出したのも、前回外食したのはいつだろう、めっちゃ久しぶりだしええんちゃうか？　くらいの感じだ。

家で作れるから外食やテイクアウト、出前をしないわけじゃないのですよ。

家で作ると洗い物が出るので、めんどくさいのは間違いございません、ええ。

だから作ってくれて食べるだけというのはとてもいい。出前はお皿を洗う必要はあるけれど、外食は皿そのままで帰っていいし、テイクアウトも容器を捨てるだけなのでかなり嬉しい。

ただ有村家の場合は、そんなに外食ができるほど家計事情がもにょもにょ、という感じなのであるからしまして、楽もしたいけどなかなかちょっと、という状況なのだけれども。

かといって全く行かないというわけではなく。

涼音とあずさがどこに向かったかと言えば、スーパーに併設されているたい焼きやたこ焼きを売っているスペース。

イートインスペースもないし、帰ってから食べようということ。

たい焼きを二匹、たこ焼き八個入りを一パック。

どちらも自分では作れない、もしくは作れても色々とかかったるいしコストもかかるものだ。

特にたこ焼きなんかはめんどくささ極まる。

歩いている間に多少冷めちゃうだろうけど、そのくらいは問題じゃない。

「私は餡《あん》で」

「カスタードにしようかな」

ほぼデザートみたいなものだけど、悪くはないでしょう。

お腹は十分に膨れます。

午後に入り気温も上がってきた空を見上げながら歩いて帰宅。

たこ焼きとたい焼きはまだ温かくてレンジにかけるほどじゃない。

たこ焼きにソース、マヨネーズ、青のり、削《けず》り節《ぶし》をパラパラリ。

「熱々が美味しいのは分かってるけど」

「これくらいのも悪くはないわね」

できたてほやほやが一番美味しい。それは誰もが同意するところでしょう。

だけど、決してそれだけではない。

熱々ではないけれどこれはこれで食べやすいと思うことにして。

二人で一個ずつ食べたところで、たこ焼きを見てみる。

鰹節《かつおぶし》がわずかに踊る。

湯気微妙に出ているみたいだ。

やっぱりたこ焼きはこの鰹節のダンスが無ければ物足りない。

これを見ると、ごちそうを食べている気分になるのだ。

見た目から美味しく見せるのも料理の醍醐味《だいごみ》。

たこ焼きははふはふと湯気を口からもやもやさせながら食べるのが正義なのです。

四個ずつたこ焼きをやっつけて、続いてたい焼きにうつる。

ここのたい焼きは頭から尻尾まで中身がちゃんと入っているのでとてもボリュームたっぷり。

値段もそんなに高くなくてコスパ良き。

これを食べ終えてお腹も満足。

もう少し入るけど、このくらいがちょうどいい感じです。

そうしたら午後はしばし休業ごろごろだらだらして過ごし、夕食を作るのと同時進行で明日の準備という段取り。

早く作って冷蔵庫に入れておけばいいのだ。

明日朝になって取り出しても、しばらく常温に置いておくことになるので、昼に食べるころには冷たさは十分抜けているだろう、という算段。

夕方になって、夕飯とお弁当の料理を開始。

……と、ここにきて涼音とあずさが本領を発揮した。

「これ、お弁当のおかず作りながら晩ごはん作るのめんどくさくない？」

「同感」

あずさの心からの訴えに、涼音は二つ返事で同意した。

二人の心が一致したなら、することはひとつ。

あずさはお茶碗に毎度おなじみの冷凍ご飯をラップごと載せてレンジへ。

一杯目が温まったところでラップを上部だけほどき、お茶漬けの素、お湯をかけて涼音に渡した。

涼音が食べている間に自分用にも同じことをする。

お茶漬け一杯。

二人の晩ごはんはそれで終わった。

付け合わせ、栄養バランス、彩り……そういったものをまるっと木星に向けてぶん投げたものぐさ飯。

お茶漬けの素は常備してある。

こうして面倒に感じた時にささっとやり過ごすためだ。

これから割りかし手の込んだ料理をするのに、晩ごはんまでじっくりと作る気にはならなかったのです。

ラップを完全に取っ払わなかったのも、お茶碗を汚さないため。

狙い通り、ラップさえ取り払えば、お湯で温まっただけの綺麗なお茶碗。

これならちょっと水でゆすいで拭けば、また食器棚に戻していいでしょう。

「じゃあ、気を取り直して……」

改めてお弁当のおかず作りに取り掛かる。

今回作るのは、ちくわの磯辺《いそべ》揚げ、だし巻き卵、ブロッコリーのおかか和《あ》え、レンコンのおかか醤油煮。

涼音は包丁を手に、ブロッコリーとレンコンの下ごしらえ。

ブロッコリーは茎《くき》の部分を切り離して、塩を加えた熱湯に投入。

レンコンは皮を剥《む》いて乱切りにして、さっと水洗い。

ほどよく三分で茹で上がったブロッコリーを鍋から上げ、茹で汁を捨てて今度はレンコンを鍋に入れて水と酢で五分ほど。

五分が経過したら鰹節、醤油を加えて汁気が飛ぶまでさらに煮込みます。

まだ湯気の上がるブロッコリーに醤油、鰹節、味海苔《のり》、ゴマを加えて和えたらブロッコリーのおかか和えの出来上がり。

汁気が飛んだら、レンコンのおかか醤油煮も完成です。

涼音がブロッコリー、レンコンと格闘しているころ。

あずさはだし巻き卵と戦っていた。

卵焼き用のフライパンに多めのサラダ油をひいてゆっくりと熱し、その間に醤油と出汁《だし》で味付けした卵を、白身を切るように溶く。

温まったフライパンに大半の卵を流し込んで、固まらないように大きくかき混ぜつつ様子を見て。

半熟になったら片方に寄せていき、形を整えてひっくり返します。

残りの卵で薄く卵を焼いてくるくる巻いたら完成です。

ここで涼音とあずさの作業はお互いひと段落して合流。

出来上がった三品の出来はなかなかのもの。

常温で粗熱《あらねつ》を取ったら、ラップをかけて有村線冷蔵庫駅行きです。

後はちくわの磯辺揚げ。

「じゃあ、ちくわは頼むよ。僕は洗い物しちゃうから」

「分かったわ」

料理を作ったあと一番めんどくさいのは、洗い物。

これは大多数が同意してくれるだろう。

キッチンは三品作ったことで埋まっている。

これを片付ける必要があるので、ついでに洗ってしまったほうがいいだろう、という打算なのです。

もちろん面倒なのだけど、あずさが料理している横で何もしていない自分、というのを避ける、という理由があれば、洗い物だってできる！　というわけでした。

あずさはちくわの磯辺揚げに取り掛かる。

ちくわを斜め切りにして、衣を作ります。

薄力粉と片栗粉に青のりと水を加え、味付けは塩。

青のりの風味があるので塩だけでもじゅうぶん。

切ったちくわに衣を絡めて、フライパンで両面こんがり焼いたら完成。

「簡単簡単」

磯辺揚げ、と言ってはいるものの、油はひいただけなので実質は磯辺焼きってとこでしょう。

だし巻き卵に比べたら全然簡単にできちゃうのです。

まだ洗い物をしている涼音よりもはやく完成してしまいました。

洗い物を手伝うことはできないので、あずさは出来上がった料理軍団を隅に並べて寄せて放置。

しばらくほっぽって熱が取れたら冷蔵庫に入れたらよいでしょう。

そしてそれはおそらく寝る前くらいになるかと。

実際に寝る前になって軽く触れてみると、いい感じに冷めていたので、ラップをかけて冷蔵庫へ。

後は寝るだけ。


翌朝――

のっそりと起き上がったあずさは、コーヒーを飲みながらご飯を炊いて、さっさとおにぎりを握り始めた。

それをあずさに任せている間に、遅れて起きてきた涼音はデザートを作りにかかる。

デザート？

おやつ？

まあ、そんなところです。

パンの耳を油である程度固くなるまで炒《いた》めて砂糖を振ったら簡単ラスクの出来上がり。

ラスク作りと並行しながら、涼音はバタートーストをむしゃむしゃ。

あずさもおにぎりを四つ握り終えていた。

それぞれタネ抜きの梅おにぎりと、ふりかけを混ぜた味付きおにぎり。

ラップで包《くる》んで握ることで手も汚れないし、仕切る必要もないわけです。

冷蔵庫から昨日作ったおかずを取り出し、弁当箱に盛りつけ、お茶をいれた水筒を準備したら作業コンプリート。

これは完璧。

どうせなら、とこだわった結果、見た目も悪くないものに。

「よし、これでいいっしょ」

定番の唐揚げなどは入っていないけれど、まあまあ悪くないものです。

「うん、華やかとは言えないけど」

現在時刻は午前十時。

もう小石川後楽園は開いています。
お弁当を涼音のリュックに入れて、身支度をととのえていざ出発。
電車に乗ってガタゴトと揺られ、小石川後楽園に到着したのは十一時過ぎでした。
都会の中にあって、緑が豊富な公園だ。入園料は大人三百円也。
遊具などもなければ、遊んだりできるスペースもない。
もっぱら散歩やウォーキング、自然浴するための場所。
人の姿はぽちぽちといったところか。
少なくとも混んでいて歩きづらい、などということはなかった。
いつもこんな感じなのか、今日は少ないのかは分かりません。
ぶっちゃけ、ここに来るのは初めてなもんで。
都会のど真ん中なのでそれなりに騒音はあるけれども、街中よりは静かだ。
やっぱり緑に囲まれているからだろうか。
公園にいる人もどちらかと言えば若い人よりは涼音とあずさよりも年上の方が多い。
若者がいないわけじゃないけど、少数派なのが実際のところです。
まあ、構わないでしょう。
さっそく園内をゆっくりと歩きながら緑や池に目を向ける。

案内板によれば、元は水戸徳川家の上屋敷だとか。

「おっ」

とんぼが飛んでいる。

ひらりひらりと空気を裂いて、ふわふわと肌をなでるようなそよ風に乗って。

涼音はスマホのカメラでとんぼを撮った。

今はまだ黄色がかった赤とんぼ。

「もう少しして赤とんぼになったら綺麗になるわね」

「そうだね」

鮮やかな赤とんぼがたくさん飛んでいる光景は、虫が得意じゃないあずさも見るのは好きだ。

とんぼ以外にもこおろぎやキリギリスを見かけた。

それらはちょっと嫌がっているあずさですが、涼音は秋の虫ということで写真を撮るのでした。

しばらく公園の中をさまよい、ふと時計を見ると正午を過ぎていた。

「確か、ベンチに座って、飲酒しなければ飲食ＯＫなのよね？」

「そうそう」

ベンチが置かれている区画は決まっている。

そちらに向かって歩くと、ベンチを見つけることができました。

木漏れ日《こもび》で照らされて幻想的ですらあった。

屋根付きの東屋《あずまや》もある。

ベンチはひとつ、東屋もひとつ埋まっているものの、まだまだ空いているので選び放題だ。

お弁当を持ってきてここでピクニック気分、という人はそんなに多くは無い模様。

まあ、茶屋もあるので皆そこに行っているのだろう。

東屋をひとつ占拠してリュックからお弁当を取り出した。

あずさと涼音の弁当は涼音のほうが若干大きい。

といってもわずかであり、実際にはそこまで変わらないだろう。

おにぎり在中ということもあり、隅々までご飯が入っているようなお弁当よりはかさが多くないのです。

「さぁて、どんな味かな?」

お弁当のおかずは冷めてもいいものを選んだけれど、どうだろうか。

「私はブロッコリーから……」

「じゃあ、僕はレンコンから……」

常温になった料理をつっつく。

涼音はレンコンを口に放り込んで嚙《か》んでみる。

硬すぎたか、否。結構歯ごたえがあっていて美味しい。

シャキシャキとした食感と、濃すぎず薄すぎず、二人の好みに合わせてあるので、とても良き。

「ブロッコリーはどうだった？」

「茹で加減、ちょうど。食感だけでイケるわよ。レンコンは？」

「これもいけるよ」

「そう、このラインナップで正解だったね」

「そうだね」

冷めても美味しい料理。

それを狙って選んだのだから、そうじゃなきゃ困る。

続いて、涼音はだし巻き卵に箸《はし》を伸ばす。

だし巻き卵。

これは甘くないほうが好みである。そこのところは夫婦でも一致していますので、喧嘩になることはございません。

何とは言いませんが、世の中にはきのこが好きな人々とたけのこが好きな人々の争いが未だに続いているとかいないとか聞きますし、だし巻き卵でも好みで争いがあったかもしれません。

さすがあずさ、美味しい。

ともあれ自画自賛できるおかずの数々に舌鼓《したつづみ》を打ち、気付けばお弁当箱は空《から》になっていた。

お昼ごはんを終えてデザートに取り出したるは、涼音が作ったパンの耳ラスク。

炒め加減が絶妙でサクサクとした食感が香ばしい。

砂糖もいい塩梅《あんばい》で甘すぎなくて良き。

二人でかりかりとハムスターのようにラスクを平らげる。ふとスマホを見ると、時刻は十三時だった。

だいたい一時間くらいってところか。

ずいぶんのんびりと食べていたみたいだ。

水筒のお茶を飲みながら二人で一服。

特に会話も無く、ただ緑や池を眺めてしばらく休憩。

そうして再び公園の中を当ても無くさまようように歩いて。

「そろそろ行かない？」

あずさは十分リラックスできたらしい。

のんびりと、せかせかせず、誰にも強制されず、足の赴《おもむ》くまま。

せわしない日々とは真逆の時。

こうした時間の使い方は、忙しく追い立てられる現代人にとっては贅沢な使い方ではないでしょうか。

けれどもさすがに、この場所で午前中から閉園まで時間をかけられるほどのものはない。

同じところを何周もぐるぐるするのはそれはそれでしんどいし、そもそも一周したら十分な規模だし。

楽しませてもらったので、涼音とあずさは満足しながら小石川後楽園を後にした。

ちょうど十五時といったところか。

どうせなら、このまま飲むのはどうだろうか。

高いところでは飲めないので、ガード下の立ち飲みみたいな激安酒場で、二皿の肴《さかな》で二杯引っ掛けるくらいなら、全然安く済む。

ぷらぷらと歩きながら電器屋だったりで時間を調整して、電車に乗って最寄り駅へ。

ちょうど十七時を過ぎた頃。

飲み屋は大体このくらいの時間から開いていることが多いのです。

ところで、今更言うことでもありませんが、涼音とあずさは飲兵衛《のんべえ》であります。

そんな二人のアンテナは、きっちりと安くて旨《うま》い飲み屋にも向けられております。

お小遣いと家計をやりくりして、最寄り駅の立ち飲み屋をめぐりめぐって舌と空気を肌で感じて選別し、お気に入りを定めているのです。

「今日はここかな」

「いいわよ」

涼音が決めたのは、現時点のお気に入りとして有村家でピックアップされている三軒のうちの一軒。

頻度は多くは無いけれど、何度か赴いている。

さすがに顔を覚えてもらえるほどに通っているわけじゃないけれども。

暖簾《のれん》をくぐるとまだまだ空《す》いていた。

一口に立ち飲みと言っても、すべての店で立って飲むわけじゃない。

現にこの店は席があって座るタイプの居酒屋だ。

「らっしゃいませー！　お好きな席にどうぞー！」

店員に言われて手近な席に座る。

まだまだ空いてる、とは言ったものの、酒好きの諸氏がすでに店に入っていた。

別に会話したりするわけじゃないけれど、同じ酒好きということで同志でもあります。

さて、ここで二杯と二皿。

この居酒屋で一番安いお酒はサワーと酎ハイ、一杯百九十円。

また一番安い肴は一皿百八十円。

ただそれだけを頼めば安く済むのですが、今回の予算は二人で千五百円。

そのなかでどうやって満足いく晩酌にするかが腕の見せ所。

客単価七百五十円とは安すぎるけれども、ここではワンコイン引っ掛け、というのを謳《うた》い文句にしており、牛丼屋のごとき回転率を売りにしているのでいいのでしょう。

逆に長居すればするほど注文は増えるのでそれはそれで良き、といったところでしょうか。

二人はじっくりと穴が開くほどにメニューを眺めて、やがてそれぞれ頼むものを決めたらしく目が合った。

何に決めたのかは注文するまでのお楽しみ。

肴は二人で分けながら突っつくので相手のことも考えて、相手が苦手なものは頼まない。

ルールは値段内に収めることと、相手の苦手なものは頼まないことだ。

例えばあずさは銀杏《ぎんなん》が苦手で、涼音は生の明太子が苦手なのでそういうものは注文しない。

「決まった?」

「うん、決めたわ」

「じゃあ頼もうか。すいませーん!」

「はーい!」

若い店員さんがメモ帳をもってやってきた。

これが大手チェーンだと端末で処理するところだけど、こういうところが場末の居酒屋っぽい。

「えーっと、こだわり梅サワーひとつ」

「ウーロンハイね」

「お食事はいかがされますか?」

「ええ、パリパリチーズ焼きと」

「レバーの唐揚げで」

「承知しましたー！」

注文を繰り返して間違いがないことを確認した店員が引っ込んでいった。

お互いが何を頼んだのかが明らかになりました。

あずさが頼んだのはパリパリチーズ焼きで、涼音が頼んだのはレバーの唐揚げ。

チーズ焼きはクラッカーにのせた数種類のチーズをカリカリになるまで焼いてバーナーで焦《こ》げ目をつけたもの。

家で作るとすれば、ピザ用チーズを並べてちょっとレンチン、で出来るのだけど、この店では数種類のチーズをカリカリにして焦げ目までついている。

ガスバーナーと、複数種類のチーズ。

家でやることはできるけど、やりたいとはあまり思わない一皿。

レバーの唐揚げは、ちょっとボリュームがある一皿。

揚げ物は家でやるのは同じく面倒なもの。

どうしてもそれが喰いたい！　というとき以外はやりたくないものだ。

現にちくわの磯辺揚げも、実質磯辺焼きだった。

「そう来たか」

「やるわね」

どうしてそれを頼んだか。

それが分かるチョイスだったので、お互いに満足である。

少し待つと、お酒が出てきた。

涼音は梅サワーを、あずさはウーロンハイを手に持って。

「乾杯」

ジョッキを掲げて軽く合わせて、いざ尋常にぐびぐび。

うまい。アルコール強め。そのままでも良き。

一杯が安いんだけど、味が濃くて飲みごたえ抜群。

今度は梅を潰して飲む。

塩分強めの梅の風味が、口の中に広がる。

よだれが出てしまうこの感じが梅サワーの醍醐味だ。

とてもうまい。

こうした立ち飲み屋でも、味が薄い店は当然ある。

それでも涼音とあずさがピックアップしているのだから、うっすーいやつが出てくるはずがないのです。

そこを妥協するような二人じゃないのだから。
「お待たせしましたー、パリパリチーズ焼きとレバーの唐揚げでーす！」
店員さんが二皿持ってきました。
飲み過ぎずゆっくりとジョッキを空けていた二人。
さあ、ここからが本番。
お酒だけでも満足はできます。
しかし肴があったほうがいいに決まっている。
涼音はレバーの唐揚げを。
あずさはパリパリのチーズ焼きをそれぞれ突っついた。
二人でシェアするので、どっちを食べてもいいのです。
口の中で心地よいクラッカーの食感と、チーズの味。
コクたっぷりの風味を、あっさりとしたウーロンハイで流します。
「はあ〜」
至福。
そうとしか表現できない、満足げな顔のあずさがそこにいました。
一方の涼音はレバーの唐揚げに舌鼓。

弾力のある食感とにんにくとレバーの風味が混ざり合って実に美味しい。

これだ。

この値段でこの味が楽しめるのはバリュープライスもいいところ。

何より、自分で料理するんじゃないので、片付けもいらないところがいい。

上げ膳据え膳。

これがお金を払って得られる価値。

「レモン搾《しぼ》ってと……」

あずさがレバーの唐揚げにレモンを搾る。

ここで断りなく搾ったりすると同席している人の気分を害することもあるけれど、涼音とあずさの間柄でそれはない。

なぜなら、二人とも唐揚げにはレモンを搾る派だからだ。

涼音は最初の一個を、あえて搾らないで食べたに過ぎない。

あずさがレモン果汁をかけたレバーを楽しんでいる間に、涼音はパリパリチーズ焼きを楽しむ。

色々なチーズがある。

これだけで目からも楽しめるし、実際に食べても楽しい。

同じものを作ろうとしたらいったいいくつチーズを買わなきゃいけないのか。

そしてそれを食べきるために頑張らないといけないのか。

想像もしたくありません。

二人ともチーズがめっちゃ好き！　ということならばそれもありなのでしょうが。

あいにく涼音もあずさも、嫌いじゃないけどそこまでするほど大好き、というわけでもないのでした。

「店員さん、これおかわりよろしく」

「はーい！」

二人とも同じもので全然ＯＫ。

梅サワーとウーロンハイに、不満などありはしないのですから。

「うーん、たまにはいいねぇ」

二杯目のジョッキを傾けながら、涼音は思わずぽつり。

「そうね。本当にたまにしか来れないけど」

ちょっと残念そうにあずさが同意した。

できるならもっと外食したり外に飲みに行きたい。

ひとえにお財布の問題なのがちょっと悲しいところではありますが。

「また来れる時を楽しみにしよう」

「そうだね」

半分強が無くなったジョッキを改めて打ち合わせる。

チン、と音が鳴った。

今日のお会計は千二百四十円。

予算内に無事収まって目標も達成。

あと少しの楽しいプチ飲み会に、幸せを見出す涼音とあずさなのでした。

第六話
三百六十五歩のマーチ

十月も半《なか》ばを過ぎた、とある日。

最後の残暑が手加減抜きの全力を出してきた。

あっつい。

ちょっと尋常じゃない。

仕事から帰ってきた涼音は、手にしていたジャケットをそそくさとハンガーにかけてワイシャツを脱ぎ捨てた。

家までの距離を歩いてきたおかげで、汗でぬれていた。

ここまで汗をかいたのは久しぶりだ。

真夏じゃあるまいし。

ワイシャツはひとまず洗濯機で洗うからいいとして。

ジャケットもクリーニングに出さなくちゃ。

基本的にスーツは二着を二週間かけて着回し、消臭剤を使ってごまかしもみ消し、クリーニング代を節約するのだが、今日のように汗をかいてしまうとそれもだめだ。

クリーニングに出したくなってしまう。

くさいと言われたり思われたらちょっと立ち直れない。

スーツは二、三か月に一度のクリーニングでいいらしい。知ってはいるものの、これは涼音の気分の問題だ。

今週クリーニングのビニールを取ったばかりなのに。

想定外だった。

そのくらい、暑かったわけだ。

あずさも薄着で団扇《うちわ》であおいでいた。

「あっついねー」

扇風機は強で回っており、テーブルには水を凍らせたペットボトルが入ったボウルが置いてある。

首を振っている扇風機の風がこのボウルを撫でると、冷たい空気がふわりと広がるので心地いい。

窓は網戸で全開。

「エアコン使いたくなるよ」

「まったくだわ」
二人して溶けている。
暑さに参ってしまった。
部屋の気温は昼間の名残《なごり》も手伝って二十八度になっている。
もうちょっと暑くなっていたらエアコンをつけていただろう。
夏本番と違い、湿度がそこまで高くないのが救いか。
これから冬に向けてどんどんと湿度が下がっていく。
風邪をひきやすくなるので注意が必要な季節だ。
……なんて、そんなことより今の暑さのほうが問題だ。
「ごはんは？　食欲ある？」
「……無いこともなーい」
ぐでーっとしながらあずさが答えた。
だいたい涼音も同じ感じだ。
ならば、つるつると食べられるやつがいいだろう。
今日は涼音が食事当番。
いそいそと台所に向かい、戸棚を物色。

お目当てのものを見つけた。

そうめんであります。

これだ。

電気ケトルでお湯を沸《わ》かし、それを鍋に入れてから蛇口からお湯を足すことで沸かす時間を短縮。

しばらくしてお湯が沸いたので、そうめんをパラパラと鍋に投入。

麺が茹《ゆ》で上がったところでザルに上げ、流水で熱を飛ばす。

そしたら飯台《はんだい》に投入して氷をバラバラと散らして麺は完成だ。

続いてつゆ。

こちらはめんつゆにひと手間。

ごま油と一味《いちみ》唐辛子。

大したことじゃあない。

手間という手間じゃないし、どちらかといえば一工夫、といったところだ。

いつもの添え物の青ネギはキッチンばさみでチョキチョキして小皿で。

しょうがはすりおろしてジップロックに入れて平たくしたものを冷凍してあるので、欲しいと思ったら自分で取り出したらいい。

要らなければそのまま冷蔵庫に戻せばいいのでこれでいい。
そのままお盆に載せてあずさの元へ。
涼しげな晩ごはん。
簡単に作れて、遅れてやってきた暑さにぐだっているところにちょうどいいだろう。
あずさもこれなら、ということで箸をとった。
暑いときに何も食べられないと体力がなくなってしまう。
二人とも三十代になったところ。
二十代のような無茶をすると身体がついてこないと段々感じてきたところだった。
ずずず。
ずぞぞ。
そうめんをはじめ、麺類は音を立ててすするのが正義。
涼音もあずさもそう思っている。
外ではちょっと気にはするけれど、家なら気にせずに思いっきりすすることができる。
外食も別にきらいではない。
だけどそれでも家で自炊するのは、家計のこともあるが、こうして好きなように食べら

「そうめんだー」

れるからだ。

「ごま油って素敵」

「だね」

まあわかるだろう。

別に料理をしていなかったとしても一発だ。

ごま油の香ばしい風味をわかる人はかなり多いはずだ。

一味唐辛子については何も言わない。

浮いているのを見れば一目でわかる。

一目でわかることを言及しても意味は無いのです。

そして何より。

「これなら食べられる」

「ええ。入っちゃう」

食欲が無くてもこれなら食べられる。

暑いときには入っていくいく工夫が必要なのです。

季節外れの夏バテなどノーセンキュー。

季節的には秋。

巷《ちまた》では「日本は亜熱帯気候になった」などと言う人もおりますが、時節的には間違いなく食欲の秋なのです。

つるつる。

つるつる。

美味《おい》しく涼しく。

食欲が無いからと茹でた二人前を無事二人で完食。

「ふう、しかしこの期《ご》に及んでまだ残暑が来るなんて、もう少し空気を読んでほしいわね」

「まったくもって」

暑いのだ。

今年の夏も酷暑日が何日あった、などという報道は何度も聞いた。

夏は十分やったではないか。

もうこれ以上暑くする必要はない。

とっとと涼しくなってほしい。

長袖で出歩きたい。

半袖を引っ張り出さなきゃいけないのはごめんだ。

そんな、涼音とあずさの思いとは裏腹に。

『――週末となる今日は、九月上旬の暑さで夏逆戻り。明後日は気温が下がりますが、今日明日は我慢の一日になるでしょう』

一夜明けて。

朝っぱらからこんなニュースを聞かされるとは。

つらい。

今は朝だからそこまで暑くは無い。

むしろ涼しい。

どころか半袖で窓を開けると外の空気は涼しすぎるくらいだ。

空を見上げると雲一つない秋晴れ。

これから昼間は夏日になるとのこと。

もう少し手加減してくれてもいいのだが、どうやら天気にそのつもりはなさそうだった。

そして今日と明日が本番なのだとテレビのアナウンサーは言っていた。

たまったものではない。

今はまだ温かいコーヒーが美味しい、が。

「こりゃあ半袖出さないとかな」

「そのほうがいいかも」

本当は、せっかくの土日休みなので、趣味であるジョギングにでも行きたいと思っていた。

毎週やるほどではないが、二週間から三週間に一回、一時間から二時間、二人で河川敷を走ったり歩いたり。

走りたくなければ無理せず歩く。

その時はウォーキングになるが、嫌にならず続けること優先、お咎《とが》めなし、という形でやってきたものだ。

健康のためにと二人でゆる〜くやってきたもの。

夏真っ盛りの時は普通に危ないから、と中断していたそれを、ここ最近やっと本格的に再開したのに。

「今日は、やめておこうか」

「熱中症になっちゃうものね」

家にルームランナーでもあればよかったのだが、そんな高いものを導入する余裕も置き場所も無い。

今年も外で運動していて熱中症になった、というニュースは何度も聞いた。

涼音とあずさは大丈夫でそんなことは起こりえない、画面の向こうでの話……。

と言い切ってしまえるのなら良かったのでしょう。

仮に若かったとしても起こりえること。

油断した瞬間が運の尽き、まであるだろう。

そして涼音もあずさも、初詣で引いたおみくじでは末吉と凶だった。運がいいわけがない。

どっちがどっちを引いたかは、二人の名誉のために黙秘させていただくとしまして。

目下《もっか》の問題は、冗談ではなくやることが無くなってしまったこと。

どうしようかな、と首をひねっていた涼音に対し、あずさはじっと窓の外を見ていた。

そして、一言。

「ねえ、今のうちに行っちゃえばいいんじゃない？」

「……ああ！」

涼音はぽん、と手を打った。

確かに今の時間、晴れてはいるものの外の空気はまだ涼しい。

スマホで今日の天気を確認すると、徐々に気温が上がっていき、お昼ごろに二十七度に達し、昼過ぎに二十九度とのこと。

現在はまだ暑さ本領発揮、とはなっていない。

なので、出るなら今ではないか、というのがあずさの主張。

なるほどその通りだ。

「それに、午前中に身体を動かせば、ね？」

「ああ、そうだね。アレがあったか」

そう、有村家には決まりがある。

それは二人を縛るものではなく、十分やる理由になるもの。

なので。

「じゃあ、行こうか」

「行きましょー」

意気揚々、というわけではないが、幾分かやる気をもって準備に乗り出す。

箪笥《たんす》からトレーニングウェアを取り出す。

いつぞやの新春大売り出しセールで買ったものである。

頻繁に着ていないからか、むしろ畳みジワが目立ってはいるもののまだまだ着られる現役選手。

それから水。

水分補給をしないなどありえないわけで。

カラカラとした氷の音が響く水筒が、涼しさをかもしだします。

安物のランニングシューズを履いて準備は完了。

「うーん、焼けそう」

玄関から外に出ると、強い陽射しを肌で感じる。

まだ日が高くないから涼しいだけで、今後はもりもりと気温大盛りになっていくはずだ。

二人で河川敷に向かって歩く。

数分の距離だから大したことは無い。

簡単に身体をほぐして、まずはウォーキングから。

意外と凝《こ》り性だったりするので、準備運動は念入りに。

二人はそのままゆっくりと、夏の暑さと秋の足音が同時に聞こえる河川敷をのんびりと散策。

いきなり走っても、身体がそれに追いついてくれない。

涼音もあずさも会社ではデスクワークなので、なまった身体をまずはほぐしていくことが重要。

こうして歩くだけでも結構違う。

通勤であくせくと歩くのではなく。

自分の意志で、都会の中に点在する自然を感じながら。

本当はもっと自然が多いところに行けばいいのは分かっている。

例えば房総《ぼうそう》の真ん中にでも行けば、ここよりも自然が多いことは分かっている。

ただ、遠いし交通費もかかる。

そういうのは有村家にとっては割と一大イベントなので、何か月も前から作戦を立案し、周到な計画と適切な物資の供給、そしてそれらすべてに適当さと楽観さを混ぜ込んだ準備を行なってからでなければ。

今日のように家から数分の河川敷に来るほうが当たり前ながら気楽で、負担も少ないのです。

夏真っ盛りのころは青々としていた雑草たち。

今はところどころに茶色い草が混ざってきている。

腹を膨《ふく》らませたカマキリがいたり、とんぼが飛んでいたり。

そのへんから秋の匂いを感じ取ることができる。

てってってこと歩いて「ある程度まとまった時間歩く」という行為そのものに身体を慣らしてから、早歩きに移行。

競歩というほどしゃちほこばっていない。

ただ単にちょっと速く歩くだけ。

そうして徐々に負荷をあげていく。

トレーニングほどかっちりしていないし、この程度じゃあトレーニングにもなっていない、と言う人もいるだろう。

そういったご意見は慎《つつし》んで受け止め、今後の参考にさせていただく可能性もなきにしもあらず。

まあ、二人からすれば家に引きこもっている、というのを無くすための習慣なので、ゴリゴリのトレーニングになっていなくても一向に構わなかった。

面倒なことには変わりないのでついついサボりたくもなってしまうものだし、そういう時は無理をしない。

とはいえ、出てきた以上は。

ある程度はやっておくか、という気持ちになるものである。

「行くわよー」

「ああ」

そう言って、二人は本当に軽めのペースでジョギングを始めた。

軽めというのは比喩でもなんでもなく、先ほどの早歩きよりもちょっとスピードが上がった、程度だろうか。

しかしこれでじゅうぶん。

何かを強要すると疲れてしまう。

人にも、そして自分に対してもそう。

ゆるくでいいんです。

ゆるくで。

同じく夫婦で走ることを趣味としている初老の夫婦と立ち話をしたり。

散歩している犬と戯《たわむ》れたり。

少年野球の子どもたちとあいさつしたり。

ジョギングルートなり散歩ルートなり移動ルートなり、人によって用途は様々だが、大体ここを利用する人とはもう顔なじみだ。

それだけあずさと涼音も何度も通っているということ。

身体を動かしつつ時に人々と話をして交流しながら河川敷で過ごすこと二時間ほど。

気温がだいぶ上がってきたと感じたあずさに促され、帰宅することにした。

かなり汗をかいたので二人とも服を脱いでシャワーへ。

別に一緒にシャワーを浴びるくらいは今更、というやつだ。

昼間ということもあり、純粋にシャワーで汗を流してスッキリサッパリ。

思いのほか身体を動かすことができた。

気楽に気軽に出かけたからこそだ。

気合を入れて「よし、やるぞぉ！」みたいな感じで行くと、ある程度やらないと……という気分になってしまう。

ぼちぼちやりましょ、といった軽い感じでやるからこそ、思いのほかやれた、という満足感のうちに帰ってこられるというわけだ。

そして、こうしてガッツリとやったからこそ。

更に、運動を午前中にやったからこそ。

こうしてご褒美《ほうび》があるのが有村家の決まりだった。

それは。

昼間っからの発泡酒である。

言わずもがな、あずさと涼音にとっては何ものにも代えがたいご褒美だった。

「さぁて、それじゃあ……」

「そうね」

ちょうどお昼だ。

あずさと涼音は協力してさっさとお昼を用意する。

涼音が味噌と醬油、豆板醬《トウバンジャン》、ごま油にみりんで自家製たれを作っている間に、あずさはきゅうりとトマトを適当な大きさに切っている。

冷凍しておいた鶏むね肉はレンジの解凍機能で解凍中だ。

先にきゅうりとトマトを切り終わったあずさが、冷蔵庫に入っていた生めんのうどんを茹でこぼす。

たれを作り終わった涼音は、ちりめんじゃこに刻んだ大葉とみょうが、塩こんぶ、ごま油を混ぜて簡単もう一品。

あずさは茹で終わったうどんを冷水でしめてからお皿に移し、きゅうりとトマト、鶏むね肉を盛って、涼音が作ったたれをかけた。

バンバンジーうどんの完成だ。

そしてもうひとつ、涼音が作ったおつまみのちりめんじゃこの和《あ》え物もちょうど出来上がった。

主食とおつまみを兼ねたお昼ごはんである。
バンバンジーはもともとお酒に非常に合うおつまみだ。
それにうどんを合わせれば主食でありながらお酒のおともに最適、というわけだ。
「じゃ、いただきます」
「いただきまーす」
まずは二人で、真っ昼間からの発泡酒と洒落《しゃれ》込む。
ぐび。
汗をかいた身体に黄金の液体がしみわたってゆく。
そしてバンバンジーをぱくり。
たまらない。
このしょっぱさと甘みのハーモニーがとても良く合う。
うどんと食べるのもとてもいい。
バンバンジーうどんを食べるのは初めてのことではない。
そのたびに、こうして酒の肴になるだろうなぁと思っていた。
ただし、実際におつまみにしたのは今日が初めてだったが。
「やっぱり合うよねぇ」

飲兵衛の勘が冴えた。

予想通りだった。

「甘じょっぱいのがいい」

「うどんのコシも食べ応えがあって悪くないわ」

飲む量をセーブしている関係で、お腹が膨《ふく》れるほうが結構大事だったりする。

これが居酒屋の飲み放題だったら食べる量が減ってガッツリ飲む量が増える。

節約しながらの家飲みなので、飲む量が増えてしまっては節約の意味が無い。

となれば、食べる量をガッツリにして飲む量を減らす、となるのは当たり前の帰結だった。

続いて涼音は、もう一品と用意したちりめんじゃこの和え物に箸《はし》を伸ばす。

ぱくり。

「ん⁉」

予想以上にうまい。

人に聞いて試してみたものだが、ここまでうまいとは。

大葉とごま油の香りが鼻に抜け、塩こんぶの塩気と旨味が深みを感じさせる。

みょうがの苦みがアクセント。

舐めていた。

これは全力で味わわなければ。

間髪《かんはつ》入れずに発泡酒。

ぷはぁ、と息をこぼす。

「これはいい！」

この味のるつぼ。

塩こんぶとごま油の旨味、大葉とみょうがのアクセント、それらをすべて受け止めたちりめんじゃこ。

これほどのハーモニーとは思わなかった。

涼音がそんな反応をすれば、あずさも当然気になって箸を伸ばす。

「あ、これおいしいわ！」

一口つまんで満足げ。

あずさの口に発泡酒。

爽快な喉越《のどご》しで流し込む。

旨味の余韻《よいん》を味わいし……。

なんて詩を作ってみたくなるような。

そんなことはきっと思っていないだろうけれども。
ともあれ、彼女もこの味の虜《とりこ》になっているのは顔を見ればわかった。
簡単なのにこれだけの味わいになるのだから侮《あなど》れない。
下手《へた》に手をかけていない分、より美味しく感じられる。
なんせ混ぜただけなのだから。
「あー、真っ昼間からの酒っていいよな」
「全面的に同意」
外は季節外れの夏日。
よく晴れた青空には、秋の雲。
扇風機の風が通り抜ける。
幸せな土曜日のお昼。
お酒は夜に飲むもの。
昼間っから飲むなどだらしがない、という意見があることは分かる。
しかし、良いではないか。
だらしなくても。
車を運転するわけでもなし。

そもそも自動車を二十三区内で維持できるほど家計に余裕があったら、一人一缶なんて節約はしていない。

これから夕飯と来週一週間を乗り切るために買い物に行くけれども、缶一本だけなら別に酔ったりはしないので誰かに迷惑をかけることもない。

酔いも酔いどれ、千鳥足どりふーらふら、道行く人にぶつかっては酒臭さと吐き気をまき散らす……そんなことになりはしない。

大抵《たいてい》の人がダウンするだけ飲んでも、そういった泥酔状態になったことはなくて。

涼音もあずさも、酒による自分の限界を知らない。

二人のザル具合の暴露はこのくらいにして、今はこれを楽しんでもいいだろう。

大皿をつんつん。

小皿をちょいちょい。

いつもの二人の共同作業でバンバンジーうどんとちりめんじゃこの和え物をやっつけていく。

箸でつついてつまんでですすって。

発泡酒を大事に大事に、割れ物を扱うかの如く一口ずつ。

丁寧に味わい。

喉越しを楽しみ。

昼間なので晩酌《ばんしゃく》ならぬ昼酌《ちゅうしゃく》。

そんな言葉はあるのかしら。

細かいことは良いじゃないか良いじゃないか造語でも。お後と後味が良ければそれですべて解決するお昼なのでした。


運動。

まんぷく。

そして、お酒。

この三つが重なった結果何が起きるか。

そう、眠気です。

先に眠気を感じたのは涼音。

「うーん、眠い……」

運動してお腹いっぱい食べてお酒も飲んで。

普段ならこの程度で酔っ払ったり眠くなることは無いのだけど。

運動が合わさったことで起きた眠気。

涼音は一切抵抗することなく睡魔《すいま》に身体をゆだねることに。

座布団を折りたたんで即席枕にして、そこに頭を乗っけた。

涼音を真似たわけではないけど、あずさも眠気を感じていた様子。

同じく昼寝をするみたいで、彼女は座布団を二枚重ねてそこに頭を乗っけた。

大体午前中に運動した後は午後に軽く寝ちゃうことが多いのです。

それもまた良し。

人間として生まれた以上、誰もが持つ、限りある時間。

それをただ無為《むい》に浪費する。

色々と意見はあるでしょうが、それはそれで贅沢《ぜいたく》なことなのではないかと思うわけであります。

二人はそのまま、心地良い疲労感、満足感、軽い酔いを味わいながら、午睡《ひるね》と洒落《しゃれ》込むのでした。

その後、涼音が目を覚ましたのは、時計の針が十五時を回る少し前。

大体二時間弱寝ていたことになる。

心地良いお昼寝をたっぷりと味わった。

眠たい目をこすりながら起き上がる。

まだ寝たい。

でも、これ以上寝ると夜眠れなくなってしまう。

二時間弱はむしろ少し眠りすぎかもしれない。

横を見ると、あずさもまだ寝ていた。

気持ちよく眠れたのは間違いないけど、彼女も起こしたほうがいいでしょう。

「あずさ」

「んん……」

涼音が軽くゆすると、熟睡はしていなかったらしいあずさはすぐに目を覚ました。

二人してむっくりと起き出したものの。

寝起きの頭はエンジンがきわめてかかりにくい。

涼音は立ち上がってぬるい水を二杯用意した。

気温的にはキンキンの冷たい水が正義なのだけど、寝起きだと身体がびっくりしてしまう。

今は暑いので、ちょっと冷やす必要も、逆に電気ケトルからお湯を加えて温度を上げる必要もない。

水をあずさに手渡し、自分も飲む。

寝ている間も、身体は水分を放出しております。

なので渇いている身体が欲するので、ただの水が美味しくなる。そういうことのようだ。

水が優しくしみこんでいく感じがするようなしないような。

適当なことを考えつつ、涼音は、湯呑を傾けて喉を潤す。

テレビをなんとなくつける。

何か見たいものがあるわけじゃなく、ただ単に無音でなくすため。

休日の午後、何か予定があるわけでもなく、ただ単になんとなく無為に時間を溶かしていく。

やることなんていっぱいある。

例えば、部屋の掃除なんかはその代表だろう。

シンクやお風呂の掃除。

掃除機をかけてもいいし、クイックルワイパーで拭《ふ》きあげてもいい。

でも……。

そう、面倒。

家事や掃除が大好きな人ならば楽しくやれるんでしょうが、あいにく涼音もあずさも、掃除を面倒くさいと思うたちなんです。

あー、暑い。

胸元をパタパタさせる。

時刻は十五時くらい。

ちょうど一日で一番暑い時間帯。

さすがにエアコンをつけようかと考えてしまう。

そんなことを考えていると、あずさが台所に歩いていき、すぐに戻ってきた。

手には某安い氷菓子。

ガリガリ食べるやつだ。

「これでも食べればちょっと涼むかなって」

「ああ、ありがとう」

涼音はソーダで、あずさはコーラが好み。

袋を開けてガリッ。

冷たい。

「〜〜〜っ」

キーンと歯にしみた。

知覚過敏か歯周病か虫歯か。

歯は磨《みが》いているので虫歯じゃないといいなぁ、と思いつつ、今度は一気にかじらずゆっくりと。

あずさと二人でそろそろ最終回を迎えるらしいドラマの総集編をぼんやりと眺めながらアイスをかじって暑さを和《やわ》らげる。

開け放った窓からは遠くから子どもの声が飛び込んでくる。

このへんは住宅街。

最寄り駅が通勤に便利ということで、家族や単身者、昔から住んでいるご老人など、年代も上から下までまんべんなく。

にぎやかでとてもいい。

アイスが美味しい。

暑さから逃れるためのアイス。

歯にしみないように、頭がキーンとしないようにもくもくとちょっとずつ食べていくと、いつの間にかなくなっていた。

「あ」

そんな声があずさのほうから聞こえてきた。

食べ終わったみたい。

「どったの？」

あずさは手に持った棒を突き出す。

「当たった」

「おお」

棒には「当たり　もう一本」とある。

子どもの頃ならまだしも、大人《おとな》になった今は涼音もあずさも交換するつもりはない。

近所の子どもにあげてしまってもいいくらいだ。

ただ、嬉しくないかと言えばそんなことはない。

なんか運が良かった気がして嬉しいと思うのは、いくつになってもそう。

年齢などむしろ関係ないんじゃなかろうか？

涼音が食べていたほうのアイスは外れだった。

何も書いてない。

運が良かったのはあずさのほうみたい。

こういうのでは、どちらかといえば涼音のほうがついてないことのほうが多い。

どちらかといえば、という感じなので誤差と言ってしまえばそれまでなのだけど、涼音の体感ではあずさとの運勝負は負けが込んでいる認識なのだ。

負けたから、というわけじゃないけれど、涼音は立ち上がって冷蔵庫に。

麦茶を取り出す。

コップを用意して氷を投入。

麦茶を注ぐ。

氷とコップがぶつかりあう冷涼な音色が暑さを忘れさせてくれる。

ひとつは自分。

もうひとつはあずさ。

「ありがと」

あずさは嬉しそうに冷たい麦茶を受け取った。

こちらも美味い。

暑いときの冷たい麦茶は、下手《へた》をするとキンキンに冷えたビールと同じくらい美味い、かもしれない。

いやそれはないか。

キンキンに冷えたビールに敵《かな》うものはやっぱりそうそうない。

でも、麦茶の味が落ちたわけじゃない。

たまらない。

ぐびぐびと飲めてしまう。

特にこの夏日にはもう何ともいいがたい魅力があります。

あずさは飲み終わってから足りなかったようで、もう一杯注ぎにいった。

涼音はまだ半分くらい残っているのでもう少し後でいい。

「晩ごはん何にする？」

一杯目を速いペースで平《たい》らげたので、二杯目の麦茶はペースを落として美味しそうに味わっているあずさ。

彼女から涼音に向かってそんな質問が飛んだ。

「そうだなぁ……」

何を作ろうか。

何を食べようか。

まだ何も決めていない。

ちょっと麦茶のおかわりを注ぎがてら、冷蔵庫を覗いてみることにした。

「どれどれ……」

開けてみる。

週末の買い出しに行っていないので冷蔵庫の中は弾薬がほぼ残っていない。

ふと目についたのは豆腐。

賞味期限は明日。

今日中に処理してしまうのが良かろう。

相変わらず調味料は大体在庫があるので問題ないとして。

この暑さ、それから食材の残弾。

そこから、何を食べるか。

「うん、あれにしよう」

改めて、調味料含めてあるものとないものを確認して、涼音はある答えに行き着いた。

そのためには買い物に出なければいけない。

本格的な買い出しは明日にするとして、今日は目的のためにサクサクッと買い物に出かけることにした。

サプライズにはちょうどいいことだしね。

「ちょっと買い物。すぐ帰ってくるから」

「そう？　じゃあ買い出しは明日にする？」

「そうしよう。明日は今日より涼しくなるみたいだし」

確かに朝の天気予報ではそんなことを言っていた。

今日買い物に行くことはできるけど、暑い中重いレジ袋を持って歩きたくはない。

涼音が今買い物に行くのも、すぐに終わるからです。

あずさを炎天下一歩手前の暑い中歩かせる気もあんまり起きない。

「じゃあ、行ってくるよ」

「ええ、行ってらっしゃい」

涼音はじりじりと照らしてくる季節外れの太陽を一瞬見上げて、暑いなぁ、と呟いて歩き出した。

季節外れにもほどがある、まったく。

夏が十分暑かったのになんでまた今更、と思ってしまう。

考えても仕方がないんだけど、それでもそう考えてしまうのだ。

じわりと滲《にじ》んでくる汗が垂れる前にハンドタオルでぬぐいながらスーパーへ。

外の暑さを考えてか、スーパーの中はまるで夏の頃のようにガンガンに冷房がかかっていた。

まあ、冷房が強いのも、生鮮食品のため、という一面も間違いなくある。

いくら冷蔵しているとはいえ、空気が暑いと傷みやすくなるのは間違いない。

まあ、今日はそこに用はないので、涼音は目的の場所に向かって歩く。

涼しい。

とても過ごしやすい。

あまりに涼しい風が気持ちよくて、これではスーパーの外に出るのがおっくうになってしまう。

その前に用事を済ませてとっとと帰るべき。

だらだらとここにいると、用事が終わっても帰り道を歩き出すまでに時間がかかる。

自分の性格を分析すれば、間違いなくそうなるだろう。

それにきっと、涼音の性格を熟知しているあずさに、スーパーで涼んでいたことを見抜かれる。

エアコンをつけていない部屋にいるあずさからすれば、買い物を口実にスーパーで涼を味わったことにすぐに気付くだろう。

そうなれば、あずさからすればいいご身分だな、ということになる。

そんな、避けるのが難しくもないツッコミは受けるのもゴメンなのでした。

「あったあった」

調味料売り場で見つけた目的のブツ。

それを手に取って、第一作戦は無事遂行完了。

そのまま流れるように第二作戦の遂行に突入。

まずはお酒コーナーでスパークリングワインを手に取って、第一作戦で手にした調味料とともに会計を済ませてしまう。

続いてスーパーの一角に併設されているショップにて買い物。

「保冷剤はいかがしますか」

「お願いします」

家まで数十分とかかったりするわけではないけれど、この暑さなので保冷剤は必須でしょう。

それも入れて包んでもらう。

引き換えにお金を払って終わり。

これで第二作戦も完了。

後は帰るだけだ。

スーパーの中を物色したわけではないので、あっという間に買い物は終わった。

後ろ髪を引かれながら、快適なスーパーを出て家路につく。

暑いので早歩きにならないようにして。

早歩きをしちゃうと汗をかいてしまう。

もちろんここにいるだけで汗はかくのだけど、家に着いてから火照《ほて》りがなかなか収まらない、というのがある。

買ったものも、暑さに気を遣わなくて済むようにもしていることだし、気持ちゆっくりと歩いて家にたどり着いた。

「ただいま」

「おかえりー」

家ではあずさがスマホをポチポチして遊んでいた。

ずっと前からやっているアプリゲームだろう。

かつては月に二万とか三万くらい課金するほどにハマっていたものの、さすがに今はそこまでの熱はないそう。

現在は惰性《だせい》で続けている。

今やってもぼちぼち楽しいし、次にハマりそうなゲームを探すのも面倒だから、というところもあるみたい。

時刻は夕方四時。

だいたい一時間弱買い物に出ていた計算だ。

しばらくまったりしていると、気付いたら十七時半になっていた。

さて、そろそろ作り始めるのにちょうどいい頃合い。

台所に向かって準備。

といっても、大したことをするわけじゃない。

わざわざ買い物に行っておいてそれか、と思われるかもしれないけれど、たまたまそれがインコースの弱点をドンピシャで射貫《いぬ》くレベルのピンポイントで無かったので買いにいったわけでありまして。

取り出したるは、まず豆腐。

そしてマヨネーズ。

最後に豆板醤。

これで何を作るのか。

そう、麻婆豆腐……のアレンジ版、マヨボー豆腐。

暑い日に熱々の料理だが、暑いからこその選択だ。

これを生ビールで流し込む。

最高。最の高。

合わないわけが無い。

この創作料理というかアイデア料理、涼音にとっては特別じゃない。

というのも、学生の頃に作ったことがあったからだ。

苦学生だった涼音は、「あれ、マヨネーズって油だよな？」とふと思いついて、サラダ油の代わりに使ってみたことがあったわけだ。

当時マヨボー豆腐を作ったことに、特別なきっかけがあったわけじゃない。

単なる思いつき。

今回は、それをやってみようと思ったわけだ。

材料は先ほど挙げたもので終わり。

肉は無い。

まあせいぜい、青ネギを少しパラパラと散らすくらい。

肉が無いのは、高いからだ。

これのいいところは肉が無くてもうまいところ。今は肉をケチるほどじゃないけど、ひさびさにやりたくなった。それだけだ。

これだけではちょっと彩りが足りないので、もう一品。

白菜とポン酢、マヨネーズ、鰹節《かつおぶし》。

白菜おかかマヨ。

これでシャキシャキ感も追加したい。

「さーてと」

まずは白菜をカット。

ざっくり一センチ幅にカットした白菜を塩もみしてしばらく放置。大体十分くらいか。

続いてポン酢とマヨネーズを混ぜて置いておく。

これで白菜おかかマヨの下処理は完了である。

続いてフライパンを火にかけて温める。

その間に豆腐の蓋《ふた》に包丁で切り込みを入れ、まずは中の水を抜いてしまう。

大体水を処理したら、ビニールの蓋を開けて手のひらを置き、パックをひっくり返した。

手のひらに乗っかった豆腐に包丁を入れる。

まずは上下に半分、そして縦に何度か。

野菜を切るわけじゃないので、手のひらの上でも豆腐は切れるし、厳密に切らなくていいのもいい。

最悪手でほぐしてしまえばいいし、フライパンに入れた後にもほぐれるし、そもそも店で出すもののように豆腐の形を保つことを気にしなくてもいいわけでして。

そうこうしているうちに、フライパンが温まった。

そこに油代わりのマヨネーズをぶち込む。

マヨネーズの香りがふわりと広がった。

酸味を感じさせてたまらない。

続いて豆板醤を放り込んでよぅく混ぜて、水を入れてひと煮立ち。

そこに豆腐を滑らせてよぅく絡めて。

豆腐の中まで火を通すためにさらにぐつぐつと。

豆腐はアツアツがいいのでね。

マヨボー豆腐をひと煮立ちさせている間に、白菜おかかマヨを完成させてしまう。

といっても、放置していた塩もみ白菜の水を切り、調味料と和《あ》えて鰹節をかけるだけだが。

とはいえ、それくらいの時間をかけていれば、豆腐には火が通ってきているだろう。

煮えてきたのを確認して、水溶き片栗粉を少しずつ入れながら混ぜていく。

一気に入れるとダマになってしまうので、入れすぎ注意だ。

ほどよくとろみがついたところで、後は最後にごま油を二回ほど回しかけて香りつけも抜かりなし。

両方皿に盛って、酒も奮発して生ビールを冷蔵庫から取り出し、いざ尋常に居間へ。

「あ、今日はビール？」

「そう。じゃ、カンパイ」

「カンパーイ」

カチンとグラスを合わせる。

「これは……白菜おかかね」

「そう。白菜のおかかマヨ」

「それと麻婆か、熱いときにはいいね」

「でしょ？　ただ、ちょっと違うんだ。これはマヨボー豆腐だよ」

「マヨボー……？」

音から、麻婆豆腐とマヨネーズであることは分かる。

ただ、なんとなくピンとこなかったらしい。

涼音としても隠すことはないので、すぐに種明かし。

「へえ、マヨネーズを油の代わりに？」

味の予想が出来なかったらしいあずさ。

さっそく、とまずはスプーンですくって一口。

「んっ！」

あずさは思わずといった様子で声を出して。

続いて生ビールを一口。

麻婆豆腐とビールが合わないはずがない。

そしてそれは、マヨボー豆腐もしかり。

「マヨネーズの味がしない」

一口食べ終わったあずさは、感心していた。

「それに、結構コクと食べ応えあるわね。ひき肉も入ってないのに」

「学生のころ、金がないときによく作ってたんだよな」

懐かしむように思い出を披露する。

といっても、昔語りにならないように少しだけだけど。

「なるほど」

「うん、十年ぐらい前だけど、覚えててよかったよ」

そう言いながら、スプーンでぱくり。

うまい。

昔は豆板醬の量を間違えて辛くなりすぎたりといった失敗は何度もしたものだ。

その失敗もあって、大体このくらいならいい感じになる、という分量が分かるようになった。

計量カップなどは一切使っていないけれど、過去に何度も作った経験がこうして適切な味付けとなってくれます。

「ぷは」

マヨボー豆腐を洗い流す生ビール。

うまい。

あの頃と変わらない味だ。

苦学生だった頃を思い出す。

それが今では、かつてのボロアパートから曲がりなりにもファミリー向けのアパートに住めるようになり、あずさという人生のパートナーまで。

マヨボー豆腐の味は変わらないけど、涼音を取り巻く状況はずいぶんと変わった。

まあ、十年も経っているから当然と言えば当然だろう。

「思い出の一品、ってことね。……うん、お金もかからないし、いいねこれ」

あずさも気に入ってくれたようだ。

お金をかけずにこれだけ美味しい。

マヨネーズを油代わりにしたことによるコクが、ひき肉無しでもこれだけの食べ応えを生み出しているのだから。

「で、こっちはどうかしら?」

白菜おかかマヨ。

すっかり脇役になりかけていたが、飲兵衛《のんべえ》のあずさが見逃すはずがない。

お酒のアテはどんなものでも主役だ。

箸でひと口。

ぱくりといって、シャキシャキと食感を楽しんで。

「これも美味しいー」

マヨボー豆腐のこってりさを打ち消すかのようなあっさりさ。

マヨネーズも大量に使っているわけではないので、全くくどくはない。

こちらは、マヨボー豆腐で打ち消されていたマヨネーズの味が余すことなく発揮されている。

これもまた、ビールに合う。

もちろんビールだけじゃなくて、他のお酒でも美味しく楽しめるでしょう。

こいつはどんなお酒にも合うのです。

そう思わない人もいるかもしれないけれど、少なくとも涼音は合うと思っているし、あずさもそう思うに違いない。

奥さんの晩酌に関する好みは、十分に把握しているのであります。

「マヨボー豆腐だけだとね」

さすがにちょっと濃い味すぎるので、あっさりとしたものも欲しくなるだろう。

そう思った涼音の読みは正解だった。

ふたりで白菜をシャキシャキ、熱いマヨボー豆腐をはふはふしながら生ビールで流し込む。

あつあつでピリ辛のマヨボー豆腐と、冷たくてシャキシャキとした白菜のおかかマヨは、食欲の減退するような暑さの中でも、箸を止めなくする魔法のようでした。

マヨボー豆腐と白菜おかかマヨを肴に生ビールを楽しんだ後。

ふう、幸せなため息を吐き出しながら一休み。

人心地ついたところで、涼音はこれから、とばかりに台所に向かって、冷蔵庫に置いておいたブツを取り出す。

そう、先ほどスーパーで買ったものだ。

冷やしていたスパークリングワインも一緒に。

それから必要なものをお盆に載せて、いざ決戦の。

「あずさ。デザートにしよう」

「デザートぉ？」

怪訝《けげん》そうな妻の顔に、涼音は苦笑した。

そんな贅沢をどの面下げて持ってきたのか、と言わんばかりの顔である。

どこでも見かけるコージーコーナーの、比較的見慣れたケーキの箱だった。

箱を開けるとショートケーキが二つ。

それをお皿に移してあずさのほうに。

もう一つを自分のほうに。

更にスパークリングワインのボトルを開けて、ワイングラスに注いでそれもあずさのほうに。もう一杯を自分のほうに。

ささやか……本当にささやかだけど、間違いなく何かのお祝いの体《てい》だ。

「……？　……ああ」

あずさは察しが悪いわけじゃない。

涼音の意図にちゃんと気付いてくれた。

「もしかして、結婚記念日？」

「そゆこと」

結婚してまる三年が過ぎようとしている。

ある程度の期間共に過ごしてきたわけで、もうお互いのいいところもわるいところもずいぶん把握しとります。

それでいてこうして他人同士が共同生活できているのだから、波長が合う、とか妥協ができる、とか、何かしらが合っていたのでしょう。

さて、実際の結婚記念日まではまだ数日ある。

それでも今日を結婚記念日のお祝いとした理由は。

「そっか、平日だったね、今年の結婚記念日は」

「そうそう。これ一本開けるなら、明日も休みの今日がいいかなって思ってね」

スパークリングワインは、別に高級でもなんでもなければ、お徳用で量が入っているわけでもない、何の変哲《へんてつ》もない量産品。

この一本を二人で飲み干したとて、翌日に残るようなヤワな肝臓じゃない。

二人ともが、だ。

だけれど。

いつもより量が飲めるシチュエーションにおいて。「明日は仕事かぁ」と思いながら飲むお酒と。

反対に「明日も休みだからいいよね」と思いながら飲むお酒では、美味しさが違う。

実際に味が変わったりするわけではないけど、精神面が舌におよぼす影響は思いのほか大きい。

だからこその今日で、涼音の選択にあずさも納得した。

「ふふっ」

あずさは笑った。

嬉しかったのだ。

涼音が、結婚記念日を大切にしてくれていることに。

それを覚えていてささやかながらお祝いを実施し。

二人の趣味と考え方を合わせて柔軟に日にちをずらして。

プチサプライズみたいなこともしてくれた。

ああ、この人と結婚した私の見る目は間違っちゃいなかったわね。

あずさは別に記念日についてどうこう言うつもりはない。

こだわりなどないたちだから。

でも、覚えていてくれたなら嬉しい。

値段など些細《ささい》な事。

高いほうがいいに決まっているけれど、そんなお金をウチが出せるかどうか、分からないわけがない。

涼音もそれが分かっているからこそ、祝える記念日はできるだけ祝おうとしている。

これがきっと、夫婦円満の秘訣。

夫婦関係に完璧や永遠は絶対とは言い切れないけれど、今のところは「一生添い遂げるんだろうなぁ」と思えている。

それを、二人で実現していくための、新たな一歩としてのショートケーキとシャンパン。

「それじゃ、またここから三百六十五日、よろしくね」

「ええ、よろしくね」

チン――と打ち合わされるワイングラスの音が、祝いの福音のよう。
スパークリングワインの泡が、グラスの中で柔らかく溶けて消えた。
何でもない、一年に一度の非常にささやかな幸せ。
時に別の幸せの形に目移りしないと言ったらうそになるけれど。
けれども、有村家の――涼音とあずさにとっては、この幸せで十分なのでした。

解説――互いを想いながら同じ目線と姿勢でいようと努めるふたりが微笑《ほほえ》ましい

酒飲み書店員　渡邉《わたなべ》森夫《もりお》

パチパチパチパチ――

涼音《すずね》とあずさのささやかな幸せを今、拍手で見送ったような心持ちだ。パートナーを大切に想う気持ちと節約術を織り交《ま》ぜながら、楽しさも忘れない微笑《ほほえ》ましい生活ぶりにきっと誰もがエールを送りたくなることだろう。

本作『涼音とあずさのおつまみごはん』は内田《うちだ》健《たける》氏による書き下ろし作品だ。内田氏は「小説家になろう」での掲載から『異世界チート魔術師《マジシャン》』（ヒーロー文庫：主婦の友インフォス刊）にてデビュー。同作は小説のみならず、コミック化、アニメ化までに至る人気作品となっている。そうした人気作品を紡《つむ》ぎ続けているだけでも賞賛に値《あたい》するように感じるが、今回は、いわゆるライトノベルとは趣《おもむき》が異なる、記念すべき新たなる第一歩をここに踏み出した。

本作の舞台は葛飾区新小岩《かつしかくしんこいわ》。二十三区内ではあるが、江戸川《えどがわ》を挟んで千葉県との境界線のほんの一歩手前、庶民の町と言ってもよいだろう。そしてご存じの方も多いだろうが、せんべろの町という顔も持っている。涼音とあずさという呑兵衛《のんべえ》夫婦が暮らすには、きっと居心地の良さと誘惑の間を行ったり来たりしていることも想像に難《かた》くないが、その誘惑をほぼ毎日やり過ごし、家での「ただいまの一杯」を楽しみに帰っているのだ。大多数の呑兵衛たちなら、両手《もろて》を挙げて暖簾《のれん》をくぐることだろう。きっとひとり暮らしなら、匂いと喧騒《けんそう》をアテにして呑めるかもしれない。想像して欲しい。宵《よい》の口の惣菜《そうざい》の油の匂いや飲み屋から漂《ただよ》う煙をやり過ごしてからの「ただいまの一杯」。格別なことだろう。ともかく、二人のそうした姿勢がきっと物語の清涼感にも繋がっているのかもしれない。

二人は互いに面倒くさがりでサボり癖《ぐせ》もあるが、何よりも真面目《まじめ》だ。足の踏み場がないとまでもいかないが、ものが床に放りっぱなしになっていても、洗い物がシンクの中で数日溜まっていても、それらをやり過ごせる精神力がありつつ、家呑みならちゃんと料理を作ってから至福の時を迎えるのだ。具無しの焼きそばでも、卵だけのチャーハンでも、そうめんだけでも、ある程度の腹《ふく》の膨れが伴《ともな》う炭水化物と簡単なつまみで十分なのだ。決してズボラさを強調したい訳ではない。夫婦二人とも、「このくらいでどう?」「わたしもこのくらいでちょうどいい」というコンセンサスがあり、互いの嗜好《しこう》と動線を認めている。それぞれの仕事を抱《かか》えながらも家事は半分こという、ジョリィとぼくでもビックリするくらいの公平性が好感を生《う》んでいるようにも思う。（編注：一九八一年三月～放送のテレビアニメ『名犬ジョリィ』から）多様性という言葉が耳に馴染《なじ》みはじめてしばらく経《た》つ現在でも、そうした価値観まではなかなか浸透していないように感じる。「世の男性諸君よ、襟《えり》を正せ」とか「こんなに理解してくれる夫がいてくれたら……」なんてことではなく、二人でできることをお互いに想いながら、同じ目線で、姿勢で臨《のぞ》むことはまだまだ尊《とうと》いものに感じる。

本編とは何の関係もないが、「酒飲み書店員大賞」という賞をご存じだろうか。本屋大賞はきっとご存じだろう。本屋大賞は全国の書店員の投票によって、書店員たちがその年の一番売りたい本を決める文学賞だが、全国にはその地方版とも云《い》えるものが多数ある。その地域を冠《かんむり》とするものが多くを占《し》める中で、ひときわ「酒飲み書店員大賞」は目を引くというのか、良くも悪くも耳に残る。

「酒飲み書店員大賞」は、千葉県を中心とした書店員や出版社営業担当者が選ぶ賞だ。本屋大賞は新刊書籍を選ぶものだが、酒飲み書店員大賞は、既刊の文庫本を選ぶ。一年の中で、「この本はもっと読んで欲しいのに……」と思う作品に多く出会う。そんな思いも年を重ねる毎《ごと》にどんどん増えていき、中にはやっと日の目を浴《あ》びることができる作品もある。そしてそういう思いを抱える書店員も、従事している人の数だけいる。そうした思いを一つにまとめて、一店舗だけでなく、そのエリアでより多くの人に読んでもらえる作品を選ぶことができないか、という想いからスタートした。

では、なぜ酒飲み？　という疑問は残るだろう。そもそもは、同じ書店員という括《くく》りでも、同じチェーン店の人もいれば、同じ地域のライバル店の人もいる。そうした垣根を越えて、月に一度、飲み会をしようと始まった。当初は「あの本いいよね」というような情報交換と推《お》しの中間のような話から、折角《せっかく》なら一つの作品を一緒に推してみよう、と話が前に進むのは、お酒の力を借りれば、想像のとおりだ。その当時は、参加者が一人一作品プレゼンをして、『スター誕生！』（編注：一九七一年十月〜放送の人気オーディション番組）方式で手を挙げていくというスタイルであったが、その後、投票制度へと切り替わっていく。ただ、埋もれたままのものを一年に一作品でも掬《すく》い上げたいという気持ちは今も続いている。その席上で決まった作品は、「酒飲み書店員がオススメする本」として当初は展開をしていた。何度かそうした作品を選ぶ中で、高野秀行《たかのひでゆき》さんの『ワセダ三畳青春記』（集英社文庫）が選ばれた。高野秀行さんといえば、今となっては、講談社ノンフィクション賞も受賞されている方である。その話が高野さんに伝わる中で、「俺……、まだ賞っていうものを貰《もら》ったことがないから、賞にしてくれない？」というお話を頂き、「じゃあ」という流れで「第一回酒飲み書店員大賞」という名前になった。以降、参加者も年々替わっていくが、当初の精神を引き継ぎながら、細々《ほそぼそ》と十七回まで数えるようになった。

話は長くなったが、私は現在、その「酒飲み書店員大賞」の取りまとめ役のようなことをさせて貰っている。今回の解説のお話も、その名前から流れ着いて頂いた。そして私もい、いや、ちゃんと呑兵衛だ。ちゃんとという表現はどうなのか、とも思うが、高校生の頃からボトルキープをするくらいなのだから、ちゃんとと表現しても許されるだろう。コンプライアンス的にはきっとダメなのだろうが、高校生だったのは三十年以上も前の話なので、きっと笑い話として許して貰えることを願いたい。

さて、大きく道が逸《そ》れてしまったが、もう一度本作に話を戻していきたい。

ものがたりの最後には、祝福ムードたっぷりで、今のままでもある種の理想の夫婦像と言ってもよいくらいに、とても幸せな夫婦に見えるが、涼音とあずさは無事に夢の一国一城を手に入れることができるのだろうか。

予定通りという言葉もあれば、計算外という言葉もある。一国一城の主《あるじ》になる前に、一児の父になっている可能性も、甘々な二人ならば、ない話ではないだろう。だが、きっとそんな時でも手を携《たずさ》えて、プレミアムな乾杯で乗り切っていくことだろう。

そんないつまでも続いていく、ほっこりとさせてくれるこれからのお話も期待したい。きっとその日が来たら、発泡酒を片手に、本作をアテにしながら、もう一度読み直しながら、祝福していることだろう。

ブックマルシェ我孫子《あびこ》店／津田沼店店員

一〇〇字書評

切り取り線

購買動機（新聞、雑誌名を記入するか、あるいは○をつけてください）	
□（　　　　　　　　　　）の広告を見て	
□（　　　　　　　　　　）の書評を見て	
□ 知人のすすめで	□ タイトルに惹かれて
□ カバーが良かったから	□ 内容が面白そうだから
□ 好きな作家だから	□ 好きな分野の本だから

・最近、最も感銘を受けた作品名をお書き下さい

・あなたのお好きな作家名をお書き下さい

・その他、ご要望がありましたらお書き下さい

住所	〒				
氏名		職業		年齢	
Eメール	※携帯には配信できません	新刊情報等のメール配信を 希望する・しない			

この本の感想を、編集部までお寄せいただけたらありがたく存じます。今後の企画の参考にさせていただきます。Eメールでも結構です。

いただいた「一〇〇字書評」は、新聞・雑誌等に紹介させていただくことがあります。その場合はお礼として特製図書カードを差し上げます。

前ページの原稿用紙に書評をお書きの上、切り取り、左記までお送り下さい。宛先の住所は不要です。

なお、ご記入いただいたお名前、ご住所等は、書評紹介の事前了解、謝礼のお届けのためだけに利用し、そのほかの目的のために利用することはありません。

〒一〇一－八七〇一
祥伝社文庫編集長　清水寿明
電話　〇三（三二六五）二〇八〇

祥伝社ホームページの「ブックレビュー」からも、書き込めます。

www.shodensha.co.jp/bookreview

祥伝社文庫

涼音《すずね》とあずさのおつまみごはん

令和 4 年11 月20 日　初版第 1 刷発行

著　者　内田《うちだ》 健《たける》
発行者　辻　浩明
発行所　祥伝社《しょうでんしゃ》
東京都千代田区神田神保町 3-3
〒101-8701
電話　03（3265）2081（販売部）
電話　03（3265）2080（編集部）
電話　03（3265）3622（業務部）
www.shodensha.co.jp
印刷所　堀内印刷
製本所　積信堂
カバーフォーマットデザイン　芥 陽子

 ISBN978-4-396-34855-7 C0193

祥伝社文庫の好評既刊

原田ひ香　**ランチ酒**

バツイチ、アラサーの犬森祥子。唯一の贅沢は夜勤明けの「ランチ酒」。疲れを癒す人間ドラマ×グルメ小説。

原田ひ香　**ランチ酒**　おかわり日和

祥子が「見守り屋」の仕事を始めて約一年。周囲の助言もあり、半年ぶりに元夫と暮らす娘に会いに行くが……。

垣谷美雨　**子育てはもう卒業します**

就職、結婚、出産、嫁姑問題、子供の進路……ずっと誰かのために生きてきた女性たちの新たな出発を描く物語。

垣谷美雨　**農ガール、農ライフ**

職なし、家なし、彼氏なし――。どん底女、農業始めました。一歩踏み出す勇気をくれる、再出発応援小説!

垣谷美雨　**定年オヤジ改造計画**

鈍感すぎる男たち。変わらなきゃ、長い老後に居場所なし! 長寿時代を生き抜くための〝定年小説〟新バイブル!

百田尚樹　**幸福な生活**

百田作品史上、最速八〇万部突破! 圧倒的興奮と驚愕、そして戦慄! 愛する人の〝秘密〟を描く傑作集。

祥伝社文庫の好評既刊

東野圭吾

ウインクで乾杯

パーティ・コンパニオンがホテルの客室で服毒死！ 現場は完全な密室。見えざる魔の手の連続殺人。

東野圭吾

探偵倶楽部《くらぶ》

密室、アリバイ崩し、死体消失……政財界のVIPのみを会員とする調査機関・探偵倶楽部が鮮やかに暴く！

今村翔吾

火喰鳥《ひくいどり》 羽州《うしゅう》ぼろ鳶《とび》組

かつて江戸随一と呼ばれた武家火消・源吾《げんご》。クセ者揃いの火消集団を率いて、昔の輝きを取り戻せるのか⁉

今村翔吾

夜哭烏《よなきがらす》 羽州ぼろ鳶《とび》組②

「これが娘の望む父の姿だ」火消としての矜持を全うしようとする姿に、きっと涙する。最も〝熱い〟時代小説！

今村翔吾

九紋龍《くもんりゅう》 羽州ぼろ鳶《とび》組③

最強の町火消とぼろ鳶組が激突⁉ 残虐な火付け盗賊を前に、火消は一丸となれるのか。興奮必至の第三弾！

今村翔吾

鬼煙管《おにきせる》 羽州ぼろ鳶《とび》組④

京都を未曾有の大混乱に陥れる火付犯の真の狙いと、それに立ち向かう男たちの熱き姿！